写楽

JN010005

皆川博子

角川文庫
22254

目次

一

なにも、不吉な兆しはなかった。

昨夜の博奕《ばくち》はついていたし、その後買った女も、舟饅頭《ふなまんじゅう》にしては見られる顔だった。おかげで、骰子《さいころ》の儲けは女の妓夫《ぎゅう》に巻きあげられてしまったけれど。

舞台は、いつものように、とどこおりなく進んでいた。

捕り手役の彼を踏みつけて、団十郎がきっと見得《みえ》をする。

「成田屋ッ」

「五代目ッ」

あちらこちらから、声がかかる。

土間も桟敷も大入りで、あふれた見物が、羅漢台《らかんだい》から吉野まで、すし詰めになっている。

羅漢台は、舞台の下手の隅につくられた見物席で、さらにその真上に張出した二階が、吉野と呼ばれる桟敷だ。吊り枝の桜が目の前に垂れるから、吉野と洒落《しゃれ》をきかせたのだけれど、見えるのは役者の背中ばかり。その分、木戸銭は格安だ。

出し物は『蘭平物狂《らんぺいものぐるい》』。

市川団十郎がつとめる蘭平と捕り手たちの華やかな大立ち回りが、この狂言の眼目であった。

蘭平の衣裳は絢爛華麗。そうして、彼がその一人である捕り手たちも、花四《はなよ》天《てん》と呼ばれるきらびやかなよそおいだ。

彼は、立ち回りのある狂言だと、生き生きする。ことに『蘭平物狂』は、彼のような〈稲荷《いなり》町《まち》〉の見せ場がたっぷりある。

身分がきびしく分れた役者の、最下層が下立役《したたちやく》。その雑居する大部屋は稲荷町と呼ばれ、彼らの別名も、稲荷町である。

まるで小道具みたいに、舞台の隅にただ座っているだけの役もある。

まだ見物がざわめいている幕開きに、舞台を通り過ぎるだけのこともある。

猪の縫いぐるみ。駕籠かき。出たとたんに斬られてひっこむ悪人の手下。

彼などは、一言のせりふさえ、もらったことがない。

楽屋風呂に入ることも許されないという、ひどい待遇だけれど、名題役者をひきたてる〈からみ〉をつとめるのは、彼らだ。みごとな筋斗《とんぼ》を返るものがいなければ、大名題の立ち回りはなりたたない。

「筋斗のうまい若いのがいたな。蘭平の返り落ちはあいつに代えろ」

初日があいて、七日目。成田屋の旦那がそうお言いだと、番頭が、稲荷町の頭《かしら》につたえたのだ。頭からそれを聞いて、彼は身ぶるいした。成田屋の旦那が、おれの筋斗をみとめていてくれなさった。

「冥加《みょうが》と思え」

頭は、笑いながら彼を小突いた。

二十七のこの年までの、長い下積み暮らしが、旦那の一言で、むくわれた。

「へ、てめえばかりが筋斗みてえな、でけえ面しやがって」

彼に見せ場をとって代わられることになった、彼よりはるかに年季の入った兄弟子は、いやみをたっぷりまじえて、

「おう、筋斗」

と、呼んだ。

「てめえ一人でからみをやったらいいやな。成田屋の旦那は、おめえでなくちゃ、お気に召さねえとよ」

刺《とげ》は充分に感じたが、彼は聞き流した。

「てめえ、いい気になってやりすぎるなよ」

　頭はいましめた。

「シン（主役）にかかって、やあ、と決めるときァな、目を半眼に伏せるのを忘れるな。まちがっても、目ェむいて、見得をするんじゃねえぞ。これが、からみの心得だ。わかっているだろうが、念のためだ。それでなくても、てめえの眼ん玉ァ、でかくて、目にたつ。いい気分で、シンといっしょに決まったら、分を越えたことになるのだぞ」

その言葉もろくに耳に入らなかった。

「てめえはな、とかく、やりすぎるの。返り越しにしたってな、五人越すなら、六人目にぴたりと落ちなくてはならねえものを、てめえァ、十人分も飛び越えやがる」

うずくまって並んだ数人のからみの上を、筋斗《とんぼ》を返りながら飛び越えるのが、返り越しである。

三人、五人、と、うずくまる人数はいろいろだ。

走ってきて、はずみをつけて飛び越えるのだが、はずみが足りなければ、うずくまった者の上に落ちる。

飛びすぎれば、遠くに落ちる。

三人越えて四人目、五人越えて六人目の位置に、正確に落ちるのは至難のわざだ。

「遠くまで飛べばいいってもんじゃあねえの。いくら旦那がほめてくれなさってもな、やりすぎはいけねえ。気をつけろ」

心得をさとす頭の言葉より、

「筋斗のうまい若いの」

その言葉が耳の底を占め、

——あの成田屋の旦那が、おれを、そう呼んで……。

思い返すたびに、胸が熱くなって、瞼のふちがうるんだ。

ああ、おれァとんぼだ。旦那のために、精一杯。

団十郎の蘭平に捕り手がからむ場面は、在原行平《ありはらのゆきひら》の館《やかた》の奥庭である。ほぼ中央に石燈籠があり、そのかたわら、上手《かみて》がわに、屋根のある井戸。

屋根の上で、蘭平にからむのは、彼ひとりだ。

彼がふりかざした刃を、蘭平は苦もなく奪い返す。

屋根から石燈籠のてっぺんまで、高さおよそ六尺。

筋斗を返りながら屋根から飛び下りて燈籠の上に片足で立ち、さらにからだをひねって回転させつつ床に飛び下りる『蘭平』の返り落ちは、彼は初役であった。

急の名指しだから、前もって舞台で稽古をする暇がなかった。

もちろん、ふだん、返り落ちの修業は積んでいる。

稽古なら、床に敷いた半紙一枚の上に返り落ちて、彼は、小指一本はみださない。

だから、たやすくできると思ったのだが、舞台の上で、いざ屋根にのぼったら、勝手がちがった。

石燈籠の六角の笠は、差し渡しほぼ三尺。ゆるやかではあるけれど放射状に傾斜がついている。

半紙よりは、はるかに大きい。

これが、畳の上におかれた笠なら、何の不安もない。天井の梁《はり》の上からだって、返り落ちてみせる。

だが、舞台の上だ。万一足を踏みはずしたら……。

怪我をするのはかまわないが、旦那の芝居がぶちこわしだ。

どんな些《さ》細《さい》な失敗もゆるされない。

はずんで二段飛びに飛び下りてしまってはいけない。

片足で下り立って、あらためて正面をむいて、ふたたび返り落ち。

そうして、屋根の上の蘭平にむかって、型をきめる。

旦那に恥をかかすまいと思う気持ちと、見物の期待が、彼に重くのしかかる。

燈籠の笠が、半紙より小さく見え、傾斜は雪崩《なだれ》を打つようだ。

見物は、固唾《かたず》をのんでしずまりかえる。

すべての視線が彼に凝縮される。

「いやぁッ」

腹の底からのかけ声。

屋根を蹴った。

無限の空間を、弧をえがいて切り裂く。

その瞬間に、永遠の時を、彼は視た。

よう、よう。

やんや、やんや。

土間、桟敷、羅漢台、吉野。

小屋中の見物の歓声が、片足でとんと立った彼を包んだ。

三国一ッ！

名人！

とんぼの親玉ッ！

声がとぶ。

彼は一瞬恍惚《こうこつ》とした。床に返り落ち、すっくと立った全身に、鋼《はがね》のような力がみなぎった。

江戸のど真ん中に、ただひとり、屹立《きつりつ》したような。

とんぼの親玉ッ。

そうして、団十郎の言葉。

「筋斗《とんぼ》のうまい若いの」

快い蜜が、毛穴にしみとおる。

すぐに、我に返った。賞讃を独り占めしている余裕はないのだ。

床におりた蘭平に、梯子を横にかまえた捕り手たちが攻めよる。それをさんざんあしらった後、蘭平一番の見せ場、梯子乗りの場になる。

立てた梯子に蘭平がのぼり、きっと見得、という場面である。

蘭平のほかに、からみが一人のぼり、てっぺんで逆さになる。

団十郎とからみ、二人のからだの重みのかかった梯子を、小揺るぎもさせずささえるのが、稲荷町の役目だ。

青竹の梯子の脚を、数人がかりでささえ、さらに、数人が、刺股《さすまた》で、つっかい棒をする。

彼は、梯子の脚をがしっと握る。

そのとき、梯子がわずかに揺らいで、足の甲になにかが触れた。次の瞬間、犬釘を打ちこまれたような激痛が、全身をつらぬいた。

梯子の脚が、甲の上にあった。

団十郎の足はすでに踏段にかかり、のぼりはじめていた。

青竹は炎の刃物にかわり、骨の髄を断ち割る。

痛みは、左足の甲、ただ一点のはずなのに、からだのまわりの空気にまで激しい痛みがひろがる。

高みにのぼって行く団十郎の一足ごとに、梯子は、彼の足にくい込む。

炎のような闇を、彼は視《み》た。

底光りする闇の中空に、顔が浮かぶ。

元結切れたざんばらの、隈取りの紅の中にぎらと光る眼《まなこ》が、はるか高みから彼を見下ろす。

叫びが喉《のど》もとでふくれあがる。

彼は、歯を噛みしめ、絶叫を押し込めた。

梯子を握る手に、あらんかぎりの力をこめる。叫ぶかわりに、握りしめる。

耐えていられる自分が不思議だ。

巨大な荒神のような団十郎の、眼から発する光が、土間に、桟敷に、投網《とあみ》のようにひろがる。

からだじゅう、燃え熔ける鉄の塊なのに、足の甲だけが苧殻《おがら》細工で、梯子はさらに、力強く静かにくいこみ、骨が砕ける音、足の肉がぷつぷつと切れる音を、彼は耳の底に聞いた。

　串刺しじゃねえか。彼はふっと笑う。

「成田屋！」

「江戸の氏神！」

梯子のてっぺんで、旦那は、抜身をふりかざし、きっと、見得。

彼の意識は肉体から離れ、宙に浮く。

彼を見る団十郎の目が、笑みをふくんで、「なかなか、やるじゃあないか、筋斗《とんぼ》」

おれは、夢を見ている、と思ったとたんに、意識がもどり、花道で梯子に足の甲をつらぬかれた己に気がつき、炎に焼かれるような激痛。

悲鳴をあげかけて、うっとのみこむ。

稲荷町ァ、舞台に立ったら、人じゃねえ。痛えの苦しいのと感じるのァ、人。

おれは、本舞台の、井戸の屋根から石燈籠の笠に、みごとな返り落ち。

黒銀の闇にふわりと浮いた体が、あざやかに宙を返れば、遠見幕の前に吊り下げられた、瑠璃燈《るりとう》と名も美しい百数十本の小蠟燭の灯が、稲荷町役者の亡魂の群みたいに揺れて、

――ハ、みんな、笑ってら。

墓もねえような奴らの魂《たませえ》が、舞台に立つのが楽しくて、おれといっしょに、笑っていらァ。

ハ、ハ、と、声をあわせて彼も笑う。

「おい、気がついたようだぜ」

「お陀仏じゃあなかったか」

話し声が耳に入った。

しッ、静かにしねえな。幕があいているのに、無駄口をきくな。

たしなめたつもりが悲鳴になり、同時にからだを灼《や》く激痛がよみがえった。

「音《ね》をあげるねえ。足の骨が砕けて死んだ奴ァいねえわ」

また、声がして、目の前の闇が、うっすらと明るくなる。舞台裏の稲荷町に横たえられている自分に気がついた。

「てめえも、ぶまだな。梯子の下に足をおくやつがあっていいものか」

「痛え」

とした、彼には答えられない。

痛いと、声をだせば、なお傷にひびき、身悶えても痛みが増すばかりだ。

「痛えのは、わかってら。足が砕けても痛くねえのは、幽霊か化け物ばかりだ」

「騒ぐなよ。まだ、幕ァ閉まってはいねえ」

「ヤア、未練なり。この親に縄をかけねば御恩をうけし主命たたず」

団十郎の口跡《こうせき》のよいせりふが、舞台裏までとどく。

「イヤサ忠義がたつまい。うろたえものめが」

　のどをついて噴きあがる声を彼はおさえこむ。

足を怪我したのに、どうして、腹の中まで灼《や》けるんだ。

眼を閉じると、瞼の裏に真紅の渦が巻く。

激痛のきわみは、色にすれば紅蓮《ぐれん》なのか、などと、心の隅で思い、ふたたび、夢ともつかぬ陶酔感のなかに溺れこむ。

燃え盛る炎の梯子が、天空を飛翔する団十郎と、どん底に佇《た》つ彼を、むすぶ。

強靭な絆だ。

団十郎の視線は天地《てんち》乾坤《けんこん》にひろがり、彼の視線は、ただひとすじの銛綱《もりづな》となって、団十郎にむけられる。

彼は、高々と跳ぶ。逆立つ足が宙にのびて、くるりと返る。

そんなにはずんじゃあならねえ、と、兄弟子たちから、何度なぐられたことか。

両国の軽業じゃあねえんだ。てめえをみせびらかして、どうする。

つい、鮮やかすぎる身のこなし。

そうして、今日のしくじり。

梯子の脚が、なんだって、おれの……。

どう考えても、起こるはずのない間違いだった。

底光りのする闇の中空に、団十郎の顔がある。

闇にぎらと光る眼が、天の彼方から彼を……。

――いや、旦那は、おれを見下ろしてはいない。旦那の眼には、おれなんざ……。

彼は悲鳴を上げ、現《うつつ》にもどり、

――ああ、夢か。悪い夢だ……。

戸板の上にのせられ、揺られている。

死んだのか、おれァ。

一瞬、そう思った。

かついでいるのは、稲荷町の仲間だ。すでに暮れかかった芝居町の路地を、かついでゆく。芝居茶屋の提灯の灯もとどかず、せまい廂間《ひあわい》に一すじのぞく黄昏の空が、彼の目に冥《くら》みを増してゆく。

戸板が揺れるたびに、全身を刃がつらぬき、わめこうとするといっそう痛みは鋭く、すすり泣くような情けない声しか出ない。

「こいつ、どこへ運んだらいいんだ」

「いまの色ァ、だれだっけか」

年増に惚れられて、裏長屋に所帯めいたものを持ったこともあったが、彼がいっこうに銭は持ち帰らず、たまに手にする祝儀はすってんてんになるまで博奕ですり、女の出入りもあって、喧嘩沙汰の末、女を追い出すわけにはいかず、こっちから追ん出て、その後は、小屋がはねてから楽屋に寝泊まりしたり、声をかけられた後家のところにころがりこんだり、それもじきに厭《あ》きて、また小屋に居ついたり、と転々とし、てめえはまったく〈居成りまち〉だ、と楽屋番の爺に呆れられるという暮らしだ。

楽屋に放り出してもおけないから、仲間が戸板でかつぎだしたのだが、怪我人を居候においてやるゆとりのあるものはいない。

「とんだ神輿《みこし》の道中だ」

「それ、わっせ」

と、かけ声をかけた奴は、お神酒《みき》が入っている。

「こう、どの女のところがいい」

たずねられても、彼は激痛にうめくばかりだ。

「おとよさんのところじゃあ、どうだ。近間《ちかま》だ」

「だれだ、おとよってのァ」

「富本の女師匠だ。勝川なんとかいう絵師のお妾《めか》だったが、旦那が、お妾の家で卒中でひっくりけえったものだ。本妻が角をはやして、ひきとらねえ。お妾のところで寝たっきり。肌さみしいお妾が、こいつをくわえこんで、しばらくかわいがっていたとか、どうとか」

「旦那のいる前でか」

「さあな」

「旦那ってなァ、まだそこで寝ているのか」

「いや、とっくに、おかみさんとの仲もなおって、本宅に帰ったはずだから、もう、連れこんでも、かまわねえだろう」

「あそこは、いけねえ。おとよのところァいけねえ」

彼は言ったつもりだが、うめき声にしかならなかった。


「困るんだよ、そんな怪我人をつれこまれても」

おとよは、土間に立ちふさがり、剣突《けんつく》をくらわせた。

「そう言わねえで。ちっとの間、養生させてやってくんねえな」

戸口の外で、戸板をかついだまま、男たちは頼みこむ。

「ふざけたことをお言いだ。そんな義理あいはないよ」

「いい仲だったと聞いたぜ」

「知らないよ。塩をまかれないうちに帰っておくれ」

「つれないことを言いなさんな。行き場がねえんだ。情けをかけてやっておくんなはいよ」

「ゆするつもりかえ」

「人聞きの悪い。頼むよ」

「足はきかねえでも、中足は達者だ」と、男たちは気楽に笑う。

「あ、いやなのが来たようだ。戸を閉めるよ。出ていっておくれ」

おとよが言ったときは間に合わず、べこべこと音の悪い三味線やら鉦《かね》やらの音が近づき、女乞食の群がせまい路地をおしかけてきた。

「はいよ、名物、孔雀太夫の手踊り参上。お気に召したら、千両、万両、やてかんせ」

みな、着物はぼろだが、色だけは華やかだ。

なかでも、三味線をもった頭分らしい女は、赤地の背から裾にかけて孔雀と宝珠を縫い取った豪華な振袖だが、色は褪せ、袘《ふき》はすりきれ綿がはみだし、片袖がちぎれて左の肩は長襦袢がまるだしだ。肌の艶はおとろえているけれど、細面《ほそおもて》に鼻筋のとおった美貌の名残がほのみえる。耳の下から喉を斜めによぎり、はだけた胸元の鎖骨にかけて、疵痕《きずあと》が引きつれていた。

「後の月見に洗わぬ芋を」

と、鉦、三味線にあわせて、女たちは猥雑《わいざつ》に踊りはじめる。

「肌が悪いと名たててたもるな
都女郎衆の衣かつぎ
だれか浅草　浅いとおしゃる
さこそ深川　深うござる」

深うござる、と繰り返しながら、川をわたるしぐさで、裾をめくり、太股《ふともも》をのぞかせる。初冬の風に、むきだした腿は鳥肌がたっている。

「はァ、やてかんせ」

三味線の女は、撥《ばち》をさしのべた。

やってくださんせ、が訛《なま》った「やてかんせ」は、大道の三味線ひきの決まり言葉で、投げ銭を撥で受けとめるのも、芸のうちだ。

「なんだ、怪我人か」

女は、戸板に目を投げた。

そのすきに、おとよは板戸をしめた。中からしんばり棒をかった気配だ。

「どうしたというんだえ」

嗄《しわが》れた声で、女は訊いた。

「おめえたちも、ゆすりたかりのお仲間か」

「てめえたちといっしょにされてたまるか。おれっちァ、中村座の下立役だ。お貰いじゃあねえわ」

「へ、稲荷町か」

女たちは、軽蔑したように言い捨て、

「とらせてやってくだせえやし」

閉ざされた板戸を蹴った。

「うるさいね。さっさと行かないと、番屋につきだすよ」

中から声が返る。

「孔雀太夫の手踊りを、只見たァふてえ料簡《りょうけん》だ」

「おとよさん、頼むよ」

稲荷町たちは板戸を叩き、

「こいつを、ちっとの間、おいてやってくれよ。さんざん、こいつといい思いをしたんだろうが」

「こう、やめてくれ」

彼はさえぎろうとしたが、言葉にならない。

「そいつ、足をどうした」

　三味線の女が訊いた。

「中村座で『蘭平』をやっているんだが、梯子乗りで、成田屋の旦那が、こいつの足の上に梯子を立てて、乗りなさった」

「こいつが、分にすぎたまねをしやがったので、お仕置きだ」

——ちがう。旦那がそんなけちなまねをしなさるものか。

抗《あらが》おうとしたけれど、声にならない。

——おれに返り落ちの役をとられた兄弟子がやったんじゃねえのか……。

ようやく、そう気がついた。

あまりの苦痛に、だれのしわざか考えることもできなかったのだ。

だが、証拠はなにもない。はずみかもしれない。

その直前の喝采に有頂天になり、ぼうっとしていて、梯子の位置をさだめなおしたとき、とっさによけられなかったおれが……悪かったのかもしれない……とも思う。

「成田屋に足をつぶされたってか」女が聞き返した。

「いや、もののはずみだろうよ」稲荷町の一人がいそいで打ち消す。

「その男、わっちが買おう」女は言った。「乞食の役者買いだ。豪儀だぜ」

　懐から木綿縞の財布を出し、

「女郎のように、妓夫《ぎゅう》がついているわけじゃあなかろうが、縁切り金は、払ってやらあ」

財布ぐるみ、放り投げた。

「この男ァもらっていくぜ。それ」

と、手下に合図する。

女たちは、男どもの手から戸板を肩代わり、かついで歩き出した。

二

破れた軒がたれ下がり、板壁の裾には青苔《あおごけ》が盛り上がっている。畳もなくて、床は粗板《あらいた》むきだしだ。その床板も、隅の方は剝《は》がれて、根太《ねだ》があらわれ、床下からひやりと湿っぽい風が吹き上がってくる。

部屋の隅にまるめてあった煎餅《せんべい》蒲団を敷きのべ、彼を寝かせると、「おまえたちは、もうちっと、稼いできな」と、手下を追い払い、

「寒いな。いま、火をたいてやるわ」女は、土間の鉈《なた》をとり、床板をぶち割って、薪

がわりに竈《へっつい》にくべ、火種をかきたてた。

「骨が砕けたか。なに、骨ァな、こうやって板っきれェ当てて縛ってあれば、そのうち、くっつくわ。歩くには難儀だろうが、命にさわりァねえわな。ちっと辛抱していな」

「せっかく買ってくれたが、おれァ、しばらくァ物の役にたたねえぜ」

　言い返すのがやっとだった。

　それからというもの、女は彼につきっきりで、同じ長屋に住む手下の女たちが、毎日稼ぎをとどけにきては、「姐《あね》さんがいないと貰いが少ない」と嘆く。

「てめえたちでは、貫目が足りねえな」女は笑った。

　寝たきりで身動きできぬ彼の、下の世話まで女はこまめにした。

　折れた骨は、やがて、くいちがったまま固まった。

　痛みがうすらぐと、裾をはいで世話をされるたびに、彼は精がたぎり、女は彼にまたがった。

　そのころは、おかん、と、女の名も知るようになっていた。

「おまえの名は？」おかんに聞かれ、

「名なんざ……」ねえわ、と言いかけ、

「とんぼ」

彼はつぶやいた。

そうして、もう一度、口にした。

「とんぼ」

一月もすると、床を上げて、足をひきずりながらではあるけれど、どうにか動けるようになった。

心祝いだと、丼の蓋を盃がわりに、どぶろくを飲みかわした。

「屋根にぺんぺん草が生えるなァ珍しくもねえが、この長屋ァ、床板のすき間からぺんぺん草がのびていらァ」

見まわして、笑いながら彼は毒づいた。

「それも、お天道さまに当たらねえから豆腐の幽霊みてえにまっ白《ちろ》けだ」

隣との仕切りはところどころ壁土が落ち、木舞《こまい》が見えている。その竹桟もへし折られて、人ひとり通れるほどの穴があいていた。

「こんな抜け穴があっちゃあ、不用心だろうが」

「以前、隣に住んでいた男が、夜這いするために、あけた穴だよ。いっそ壁をずっかりとぶち抜いて、二間をひとつにして所帯をもとうか、などとそいつァほざきやがったが、わっちの稼ぎをあてにしているのァ、お見通しさ。せっかく気楽な一人暮らしなのに、所帯なんざまっぴらだ、と、つっぱねたっけよ。そいつァ、消えた。どこかの大店《おおだな》に、けちな強請《ゆすり》をやらかしたのだが、出入りの鳶に逆に痛い目にあわされ、居場所をつきとめられたから、このままここにいては命も危ないと、逃げ出したものさ」

「雨が降ったら家の中で傘がいるな。こうもひでえ長屋は、おれもはじめてだ」

「なに、栄耀《えよう》栄華はさんざんしつくしたから、あばら屋住まいも乙なものさ。昔を言やあ、わっちゃ、北州の大籬《おおまがき》でお職をはった鳳凰《ほうおう》だもの」

「花魁《おいらん》だったのか、姐さん」

「だから、この長屋を、孔雀長屋だの振袖長屋だのというわな。年季があける前に、日本橋の、大店の旦那に身請《みう》けされての」

「それが、どうして、こんな……」

「身請けされたり年季をつとめあげたりで、花魁が世間に出ると、とかく、じだらくがあらたまらず、困り者になるのさ」

「そんなものかい」

「そんなものだァな。女郎は、廓《くるわ》にいるあいだは、床遊びの相手で夜をすごし、昼近くまで寝ていて、それから風呂を浴びて化粧して見世張りだ。地味な堅気《かたぎ》の女房暮らしに、すぐになじむのは苦労だよ。せめて妾ならつとまったのかもしれないが、本妻にむかえられての。奉公人が二、三十はいるけっこうな見世だった。表のことは主人と番頭がとりしきるけれど、奥向きは、女房がにらみをきかせなくてはならない」

「昼まで寝ているようじゃあ、奉公人の手前、困るか」

「平素の挨拶ひとつでも、花魁あがりは、うまくはいかねえの。吉原の花魁と名がついて着飾れば、華やかじゃああるけれど、もとをただせば、あちらこちらの田舎から銭で集められた女だもの。お国訛《くになまり》を消すために、ざます、ありんす、の廓言葉を教え込まれ、廓から足を洗い、堅気になっても、知っているのは、廓言葉でなけりゃあ、国訛。大店のおかみさんにふさわしいものの言いようは、すらすらとはでちゃあこねえわな。ああせい、こうせい、と指図され、そんな窮屈な暮らしは、わっちゃ、まっぴら。こっちから追ん出てやった」

「姐さんは、国訛がねえの」

「わっちゃ、生まれは深川さ。深川がわっちの国訛だ」

「せっかく、大店のおかみさんにおさまったのに、もったいないことをしたな」

「なに、門《かど》づけの方が、どんなにか、気分がよいわ。他人の機嫌気褄《きづま》をとることもねえ」

　と言ってから、おかんは、

「ハ、おまえ、いいようにだまされやがって」

のどをそらせて、笑った。疵痕が目立った。

「『花魁《おいらん》だったのか、姐さん』と言ったときの、おまえの嬉しそうな目の色といっちゃあなかったぜ。つい、つかねえでもいい嘘がひょいと出ちまったよ。男にとっちゃあ吉原は、大門くぐれば極楽浄土、花魁衆は菩薩さまだものな。へ、花魁が、そんなに、ありがてえか。花魁といっちゃあ、格式ばって揚げ代もべらぼう、なまなかなこっちゃあ遊べねえが、男相手に色を売る、とどのつまりは、夜鷹や舟饅頭と、することァかわりはねえのさ。わっちゃ、あんなぞべぞべしたのじゃあなかった。廓《くるわ》芸者だったっさ」

「芸者か」

「がっかりしたか」

「いんにゃ、芸者のほうが、いっそ、婀娜《あだ》でいいやな」

「おめえも承知だろうが、廓芸者は、岡場所の芸者のような色稼ぎはしねえの。色を売るのは花魁。廓芸者は、芸を売る。絃《いと》と喉さ」

「廓芸者が門づけに、零落《れいらく》なされたいりわけは？」

彼が芝居がかると、

「心中のやりそこないさ。さる花魁の贔屓《ひいき》客とわっちが相惚れになっちまってねえ。今から思えば、世間知らずの若旦那だったが。廓芸者が花魁の客をとるなんざ、とんでもねえ。まして添われるわけもねえ。で、覚悟をきめたものの、ハ、ハ、しそんじて、お定書《さだめがき》のとおり、三日のあいだ、日本橋に晒《さら》しもの。〈出語りのように心中ならべられ〉〈四日めは乞食で通る日本橋〉さ。〈鳥追にでるころは早、疵も癒《い》え〉だが、痕はここに残っているわな」

彼は、三味線に手をのばし、爪弾いて、

「思い染めたる五つところ」

と、助六の一ふしをくちずさんだが、

「ひでえ三味線だ。姐さん、廓芸者は芸を売る。おめえ、門づけにもせよ、それでおまんまを食うんなら、棹《さお》だけァ、いいものを使いな」

「そんな銭があれァ、門づけはしねえや」

おかんは言い返し、

「ほれよ」

手拭いを渡してよこした。

「紫じゃねえのが、あいにくだな」

助六に鉢巻はつきものだ。彼はきりっと結んだ。

「助六さん、その鉢巻はえ」

おかんが声色を使ったので、

「この鉢巻きの御不審か」

団十郎の声色でうけた。

おかんは三味線をかまえ、撥をあてる。

「お、姐さん、うめえや。これで、もうちっとましな棹なら」

文句を彼は言ったが、おかんが弾きすすむと、

「この鉢巻は過ぎしころ、由縁《ゆかり》の筋の紫の、初元結を巻きそめし」

調子にのって、河東節《かとうぶし》が口をつき、

「いかさま、この五丁町へ脛《すね》踏ん込む野郎めらは、おれが名をきいておけ」

から始まって、助六のせりふを立板に水。

「桜に匂う仲の町、花川戸の助六とも、また揚巻の助六ともいう若い者。間近く寄ってしゃっ面を拝み奉れエェ」

「いよう、よう」

おかんが、はやし立てる。

彼は立ち上がった。からだが大きく傾《かし》いだが、かまわず、筋斗《とんぼ》を返った。

きれいに決まることはできず、ぶざまに膝をついた。

おかんは、彼を抱きしめた。

「おまえの筋斗を見たら、腹のなかを蜜の刃が流れたみてえな……」

「おとよもそう言ったっけな。おみつも、おふでも」

ねじれた足の甲に、おかんはくちびるをあて、ふくらはぎから膝の裏、腿へと、くちびるを這わせていった。

三

松の飾りはとれたけれど、まだ追い羽根の音がきこえ、空に武者絵の凧《たこ》が舞う。

寛政三年、睦《む》月《つき》。

引手茶屋の二階の軒に連ねた提灯に火が入ると、大門から水戸《すいど》尻《じり》まで一筋にのびる吉原仲之町《なかのちょう》は、光の川となる。

花魁《おいらん》行列が、その川底を行く。

老中松平定信がさだめた奢侈《しゃし》禁止のお触れのおかげで、人数も少なく、よそおいも地味にせざるを得ないのだけれど、夕闇と薄紅い灯の交錯する中に浮き出した花魁の白い顔、後光のように突き出したおびただしい鼈甲《べっこう》の簪《かんざし》、禿《かむろ》の花簪の銀のびらびら、振袖新造の素足にくいこんだ鼻緒の紅、それらが、男衆がつく錫杖《しゃくじょう》のひびきにあわせて、ゆるやかに流れるさまは、豪奢な遊びへの誘《いざな》いにふさわしい。

引手茶屋で酒を呑みながら待つ客を迎えに行き、見世にいざなう道中ができるのは、吉原の花魁のなかでも、自分の部屋を持つ〈座敷持ち〉にかぎられている。

蒔絵《まきえ》の箪笥、朱塗りの鏡台、長持、衣桁《いこう》、それらの調度はすべて、遊女の自前なのだから、よほどよい客がついていなくてはならない。つまり、行列ができるのは、廓で最高の遊女である証《あかし》でもある。

座敷持ちを呼ぶような大尽《だいじん》客は、揚げ代を茶屋に渡し、茶屋から女郎屋に支払う。

それとは別に、姉分の花魁の下で見習いをしている振袖新造が、一人前の花魁になるときは、〈突出《つきだ》し〉といって、お披露目《ひろめ》の盛大な行列をする。この費用も、姉花魁が持つのである。もちろん、花魁は、蓄えなどない、抱え主に借金で縛られている身なのだから、莫大な金は、贔屓客からねだり取る仕組みである。

座敷をもたぬ遊女たちは、通りに面して格子のはまった部屋にずらりと居並ぶ見世張りで、客がえらんでくれるのを待つ。

引手茶屋『笹屋』で花魁玉衣《たまぎぬ》の迎えを待つ客は、地本《じほん》問屋『耕書堂』の主人蔦屋重三郎と戯作者《げさくしゃ》の山東京伝。

蔦屋重三郎、通称蔦重、この年、四十二歳。山東京伝は一まわり近く年下の三十一歳。

京伝は、以前は江戸で最大の地本問屋鶴屋喜右衛門方から多く出版していたが、ここ数年は、蔦屋の専属に近い状態である。彼の才能に惚れ込んだ蔦重が、熱心に接近し、いわば鶴屋から奪い取って、抱え込んだのだ。それまで、戯作は、遊民化した武家が、趣味半分に書くものが多く、版元は、形ばかりの礼をするだけで、稿料などはないにひとしかった。職業としてなりたつよう、蔦重は、京伝に稿料をはらった。町人である京伝としては、喜ばしいあつかいであり、仕事にはりあいも生まれる。

この正月に蔦屋は、京伝の洒落本《しゃれぼん》の新作『青楼昼之世界　錦之裏』『大磯《おおいそ》風俗　仕懸文庫』『手段詰物　娼妓絹籭《きぬぶるい》』の三本を一気に売り出した。

大変な評判で、日本橋・通油町の蔦屋の店先は、買い求める客で、連日、ごったがえしている。

その礼と祝いに、重三郎が京伝を招いての接待であった。これと目をつけた作者や絵師をもてなし手なずけるのに、吉原での饗応は、なにより効果がある。

京伝はこれまでにも、数多い洒落本を蔦屋からだしている。遊里の風俗や、客と女郎のやりとりの機微《きび》、通《つう》を自称する客の滑稽さ、まことの通人の色作法、と、色事指南のおもむきで、そこが、人気のもとになっている。

「おかげで、伝さん、蔦屋ももちなおしたよ。おまえさんまでが筆を折ると言い出したときは、江戸の洒落本はこれで根絶《ねだ》やし。蔦屋も身代限りと覚悟したっけよ。今宵は存分に」

浮き浮きとした声で、重三郎は京伝の盃に銚子をかたむけた。

女芸者の三味線と男芸者のおどけた踊りが座を賑わすが、京伝の表情は冴えない。

「おや、空だ。もうひとつ」

蔦重は、茶屋の女房に銚子をふってみせる。

「あいあい、ただいま、すぐに」

おふじが愛想よく、燗《かん》のついた錫《すず》のちろりに袴をはかせようとするのを、

「よいわ、よいわ、そのままで」

蔦重はきげんよく、せっかちに促す。

酒のみちた盃を、京伝は口もとにはこんだが、なめるように唇を濡らしただけでかたわらにおいた。

「さあ、伝さん。陽気にいこうじゃないか」

気弱げな笑いを、京伝はみせた。

「案じなさんな、そんな辛気《しんき》くさい顔をしていては、せっかくの酒がまずくなる」

「じきに、花魁もお迎えに参じますよ」

おふじが言葉を添える。

京伝の鬱屈の原因は、蔦重もおふじも、よく承知している。

京伝があらわし蔦屋から発市《うりだ》して大評判の洒落本は、どれも、幕府の禁令を無視したものだ。

去年の五月、幕府は、書物双紙の刊行について、きびしい触れ書き八箇条を出した。

一、書物双紙の新規の仕立ては無用。ぜひとも刊行したければ、奉行所にとどけ、指図をうけよ。

二、時事をすぐに一枚絵などにして版行してはならない。

三、淫猥な本の刊行は、禁止。

四、既刊の艶本《えほん》は、絶版。

五、作者と版元の名を、明記せよ。作者不明の書物を売買してはならない。

六、昔のことになぞらえて、今の時世のことを書いてはならない。

七、噂話を写本にして見料をとって貸し出してはならない。

八、書物屋どもは、たがいに吟味《ぎんみ》しあって、自主的に不都合をとりしまれ。

正月に売り出す洒落本三作を、重三郎が京伝に頼んで書き始めさせたのは、去年の春だった。

五月に八箇条のお触れ書きが出たが、彼は、京伝を督励し、書き進めさせた。

京伝にしても、筆がのりはじめたところだ。中断する気になれず、七月には、書き上がった。

重三郎は京伝に稿料をはらい、手をあけて待機させていた彫師摺師《すりし》に仕事にとりかからせた。

ところが、十月に、再度、地本双紙問屋にきびしいお達しがでた。

新版吟味がなおざりになっているから、〈行事〉をたてて、念入りにとりしまれ、ことに、風俗のためにならない猥《みだ》りがましい書物の検閲を厳重にせよ、というのである。

そのとき、すでに、京伝の新作は、版木まで仕上がり、摺りにかかっていた。

ここで中止したら、それまでに注ぎ込んだ金子がそっくり無駄になる。

金銭の問題ばかりではなかった。

京伝の三作は、版元として目の肥えた蔦重が見て、傑作であり、売れることもまちがいない。

法度にふれる書物双紙は、出版どころか、写本したり人に貸したりしても、咎めを受けるのだが、闇にほうむるにしのびない。

彼は、おびえる京伝を説き伏せた。

出版物の検閲をする〈行事〉は、地本屋のなかからえらばれる。

裏長屋に住んで冊子の仕立てを生業にしている零細な下請け業者が行事に任じられ

ることもある。

このたびの行事は、松本平助と吉文字屋茂八である。

初老の松本平助は、老舗《しにせ》の松本善兵衛方にながらく奉公し、ようやく暖簾をわけてもらい、去年はじめて『絵本壬生《みぶ》みやげ』というのを売り出したばかり。吉文字屋茂八は、これも老舗の吉文字屋市兵衛の甥で、最近小さい見世をだし、伯父のところから仕事をまわしてもらっている若い男だ。

「おまえさん方さえ、改めの判をついてくれれば、売り出すことができるのだから、たのみますよ」

と、松本平助には礼をつくして進物を贈り、若い茂八には御上の非を説き、協力をもとめた。

役人の方へもぬかりなく賄賂を贈ってある。

「行事あらためをとおっているのだから」

蔦重は京伝の膝をたたいた。

「御上も文句のつけようはない。くよくよしなさんな。伝さんの洒落本は、艶《え》本《ほん》とはちがう。枕絵も入っていないし、淫らな書き入れもない。この程度のものを咎められたら、こっちは息の根がとまっちまう」

「でも、御上は、廓そのものを淫らな悪所と思っていなさるのだから、濡れ事を書かなくても、廓や岡場所を書いただけで、御法度にふれる」

「御上がまちがっているのだ。だいたい、新しい書物双紙を出してはならないというお触れはあまりにおかしいよ」

「蔦屋さんは、きついお咎めをうけたことがないから、気楽なことを言いなさる。わたしは、先度《せんど》は過料ですんだものの、御上に目をつけられているので……」

重三郎は、改革の行き過ぎがはなはだしくなってからこのかた、政道を皮肉った黄表紙を次々に出した。売行きは上々だが、そのおかげで、書物が絶版になったり、作者が筆を断《た》ったりということがつづいている。黄表紙・洒落本の第一人者、京伝は、絵師としても人気が高かった。北尾政演《まさのぶ》の雅号で、浮世絵やら黄表紙の挿絵やらに才筆をふるっていたが、一昨年、筆禍をこうむった。戯作者石部《いしべ》琴好《きんこう》のあらわした『黒白水鏡』が、実際におきた殿中の刃傷沙汰を諷刺《ふうし》したというので咎めをうけ、琴好は手鎖の上、江戸払い、挿絵を描いた京伝も、過料の刑、つまり、罰金をとられたのである。

罪人の刻印をおされたことで、京伝は、ふるえあがった。

その前に、これも黄表紙作者の恋川春町が、戯作の中で幕府の政策をからかったことをとがめられ、自害に追いつめられている。

去年、京伝は、深いなじみの花魁菊園《きくぞの》が年季があけたのを機に、正式に結婚した。

恋女房である。

御上の目をおそれるような暮らしはごめんだ、おだやかに過ごしたいと、絵筆をきっぱり断った。

戯作の筆も折ると言い出したのを、蔦重はじめ版元が懇願して翻意させたのである。

「琴好さんも、春町さんも、喜三二さんも、参和《さんな》さんも」

と、重三郎は、これまでに蔦屋から政道諷刺の黄表紙を出して譴責《けんせき》された作者の名をあげ、

「身分を言えば、みな、お武家。それがご政道をからかったのだから、お咎めもきつくなる。おまえさんは町人。立場がちがう。大丈夫だよ。手は打ってある。お役人も、御老中筆頭のような朴念仁《ぼくねんじん》ばかりではない。山吹の花のきらいなお人はおらぬ。あれで、かげでは伝さんの『通言総籬《つうげんそうまがき》』をこっそり読み、通ぶって廓でもてようというやつさ」

「ほんに、野暮の骨頂なお仕置でございます」

おふじも口をあわせる。

「御上は、色ごとを目の敵にしなさいますが、色ごとがなくては、公方様とて、この世に生まれなさることも」

「ご老中さまもな、色ごとのあげくに生まれなさったというに」

「賭けごとも、女髪結も、湯屋の混浴《いりまじり》も、飯盛女《めしもりおんな》も」
と、男芸者は禁令の条項をかぞえあげ、
「なにやら生きるせいがなくなります。もとの濁りの田沼恋しき」
言いかけて、おおげさに口をおさえ、あたりをみまわす。

　この十年は、札差をはじめ富豪町人の財力があふれ、世の中は華美奢侈《しゃし》をきわめる一方で、大饑饉《ききん》がはじまり、田畑を捨てた人々が江戸に流れ入り、物の値段は天井知らずに上がり、江戸市中で打ちこわしの暴動がおきるという日々であり、それにつづいて寛政の改革による奢侈禁止が厳しくなるという、高波がもりあがり雪崩《なだれ》落ちるような歳月であった。

　幕府の財政窮乏をたてなおすために、老中田沼意次は、鉱山開発、貨幣の新鋳と、積極的な景気振興政策をとったが、ゆきづまり、官吏と商人のあいだの利権問題、賄賂横行などの弊害も生じ、五年前——天明六年——ついに辞任、老中職をついだ松平定信は、財政建て直しの大改革にとりかかった。

　この寛政三年までの五年のあいだに、新しい法令が次々に発布され、幕府がひきしめる手綱は厳しさをました。

　そのために、倒産する札差が増えた。

　旗本・御家人が幕府から支給される蔵米の受取や売りさばきを代行して手数料をと

り、さらに、その蔵米を担保に高利で金を貸しつけるのが、札差である。

米相場をあやつることによって莫大な収入を得てもいた。

幕府のだした棄捐《きえん》令は、この武士の借金を棒引きにしろというもので、九十六人の札差は、いっきょに百二十万両近い債権を失った。

彼らは、以後、旗本・御家人に金の融通《ゆうずう》はしないという対策をたて、もともと金に困っている御家人らは、暮らしに窮することになった。

蔦屋重三郎や京伝にとって、もっとも大きい打撃は、奢侈禁止とともに、出版物にたいする統制が異様なまでに厳しくなったことである。

「こんど、おとがめを受けたら、江戸お払いか、手鎖か……」

吐息をつく京伝に、

「伝さん」

蔦重は、真剣な声になった。

「御上のやりようが無体《むたい》なことは、だれしも承知。いずれは、御上も悟りなさるさ。どれほど御法度で縛りつけても、下々のなかにある本然《ほんねん》の力を殺しきることはできぬ、とな。やがて、かならず、御法度はゆるむ。そのときまで、書肆《ふみや》は、もちこたえなくてはならぬ。そのためには、伝さん、なんとしても、おまえに、これからも書いてもらいます。筆とる人が絶えたら、盛り返しもならぬ。お咎めがあれば、版元の、この蔦屋重三郎が背負う。作者のおまえには迷惑はかけぬ」

「蔦重さんがお咎めを背負ったら、店はもちこたえられぬ道理。いえ、皮肉で言うているのでは」

「せっかく、ここまでに人気の上がった洒落本を、骨抜きにしちゃあならぬ。ここで腰が砕けたら、蔦屋重三郎の名がすたる。江戸のご贔屓を、伝さん、おまえも、裏切ることはなりませんよ」

「そうでござんすとも」

おふじが語気つよく相槌をうつ。

「それゆえ、京伝さん、今年も」

と、つめよる蔦重の矛先《ほこさき》をそらすように、京伝は、芸者から三味線を取り、つまびきながら、

「流れはたえぬ浮世の岸に、夜船こぐちょう振袖の、顔に籬《まがき》のあとつくほどに、派手な浮名の手習いも」

自作をくちずさむ。

金棒のしゃりんという音が聞こえた。

闇の底を明かるませ、灯明かりの中を、玉衣《たまぎぬ》の花魁道中がぼうっと浮かび、次第に、近づいてくる。

笑顔でおふじは、上がり框《かまち》ににじり寄った。

「お待ちかねでございましたよ。さ、花魁、お上がりなさいまし」

おふじがすすめるのに、

「ここが、ようすよ」

玉衣はおっとりと言い、縁先に腰を下ろす。

「蔦様、伝様、ようお出でなんしたね」

番頭新造が玉衣の裾をなおしてやりながら、愛想をふりまく。

「いつも、うるわしい顔の」

「むしょうにきれえでございやす」

男芸者は、番頭新造に言葉を投げながら、目は振袖新造の花里にむけている。

「なぶっておくんなんすな。拝みんすにえ」

袖で男芸者をかるく打ち、番頭新造は、煙管《きせる》をだし、烟草《たばこ》をつめて玉衣に渡す。残りの烟草は、おふじに手渡し、おふじは、ちょっと押しいただいて、棚に置いた。花魁からの貰いもので、引手茶屋は烟草をきらすことがない。

京伝が盃を花魁にわたし、注いでやると、玉衣は、かたちだけ口をつける。きまりのやりとりだ。

「わが宿の花見がてらにくる人は、散りなむのちぞ恋しかるべき」

花里を賞翫《しょうがん》しながらの京伝の即興に、

「こりゃ、できました」

男芸者がここぞと褒めあげ、

「京伝先生、散る前に、手活けにしておくんなさいましよ」

遣手がすかさず言う。

「咲かせるためには、披露目《ひろめ》の突出《つきだ》し。花魁、花里さんの突出しを頼む心当たりは、あるのかえ」

　からかう重三郎に、

「花里さんの突出しは蔦様を」

番頭新造が両手をあわせて拝むかっこうをしてみせた。

「お頼もうしていいんすにえ」

披露目のかかりを、もってください、と、抜け目なくたのみこんでいる。

その矛先をかわして、蔦重は、

「さて、きょうは、花魁に、手土産だ」

渋塗りの畳紙《たとう》をひろげた。

銀箔のさざ波が、行灯の灯を照りかえした。

「なんとみごとな」

どよめきがあがる。

一面銀白色に照りはえる地つぶし、そのまばゆいなかに、紗《しゃ》を張った花笠をつけて、鷺娘を踊る女の大首絵である。

もう一枚は、石橋《しゃっきょう》の図、さらに、吉原雀、三番《さんば》叟《そう》、道成寺。

どれも、大首絵で、その背景はすべて、銀一色の地つぶしであった。

「花魁、まあ、お見なんし」

番頭新造が玉衣の袖をひき、

「これはまた、美人の大首絵とはお初でござります。ご趣向でござんすの。お絵師はどなたでござりますえ」

おふじが、問う。

「謎かけといこう」

重三郎は、笑みこぼれながら、落款をかくし、

「花魁もおふじさんも、だれもがようく承知の絵師だ。言い当てたなら、祝儀を一分進呈は、どうだ」

「一分とは豪気でござります。こりゃどうでも、言い当てねば」

男芸者が身をのりだす。

「はて、美人を描いて三国一は、清長さん」

「やはり、清長の名が、まずあがるか」

「……ではおっせんなあ」

「清長さんの描きなさる女とは、ちと、ちがうの」

「伝様、おまえさまは、お絵師でもありなさるゆえ、わたしは、伝様と」

「春潮さん……でもないそうな……」

「歌麿《うたまる》さ」

得意げに蔦重は明かした。

「『当世踊子揃』という趣向だ」

「なんと、歌麿さんとは」

「狂歌絵本はよく見ておりますが、このような美人画も描きなさいますか」

「こうも豪的な美人画は、天地開闢《かいびゃく》以来、見たこともごぜえやせん」

男芸者がほめあげる。

世辞追従《ついしょう》が商売の太鼓持ちだから、言葉は大げさだが、空世辞ではない口調だ。

「狂歌絵本で人気があがったが、ここで、いまひとつ、大きく名をひろめてやろうと、わたしもとっくと思案しての」

ここ十年ほど、狂歌が大はやりだ。

和歌の形を借りて、諧謔《かいぎゃく》、滑稽、諷刺をよみこんだものである。

世間の流行に敏感な重三郎は、自分も蔦唐丸《つたのからまる》の名で狂歌をよみ、狂歌師や戯作者との親交を深め、その遊興の場所に、わが家のように様子を知った吉原を利用してきた。彼は、吉原育ちなのである。

狂歌本は、それまで、儒書や医学書、歴史書など固い書物を専門に出す〈書物問屋〉から刊行され、蔦屋のような地本問屋からでることはなかった。

重三郎は、工夫をこらし、挿絵と組み合わせ、絵本としてだすことを考え、新進の若い浮世絵師・喜多川歌麿を抜擢《ばってき》し、挿絵を描かせた。

これが大当たりして、歌麿は一躍人気絵師にのしあがってきた。

「これからは、絵師番付の筆頭に、歌麿の名がのるようになる」

重三郎は、断言した。

「はい、はい。これなら、清長さんも、兜をぬぎなさいます」

「この地つぶしは、なんでございますえ。たいそう豪勢でござります」

「そうであろ。雲母《うんも》の粉だ。雲母《きら》摺《ずり》のつぶしという工夫さ」

「目がくらみます」

「ずいぶんと、はりこみなすった」

「それは、ご贔屓さまに喜んでいただくためには、元手もかかります。蔦屋の身代そそぎこんだよ。なまじな美人画では、歌麿は、まだまだ、清長には勝てぬ」

雲母摺は、これまでも、部分的に使われることはあったけれど、広い地をすべてつぶしたのは、はじめての工夫だ。

地つぶしは、細かい彫りがいらないから彫師の手間ははぶけるが、摺りがむずかしい。摺師の頭、栄松堂藤右衛門は、地のために、色板を二枚つかうことを考案した。

一枚はごく淡い藍鼠《あいねず》をかけ、下地につかう。

それから、もう一枚に姫糊をひいて摺りうつし、雲母の粉を篩《ふる》いかけ、乾いてから余分な粉を払い落とすという二重の手間をかけている。

ふつうは、一枚で処理するし、姫糊と雲母粉をはじめから混ぜあわせて摺る手軽な方法もあるけれど、これでは光沢がでない。

「髪も、中墨と艶墨と、色板二枚、使っている」

これも、栄松堂藤右衛門と蔦屋重三郎が顔を突きあわせての思案の結果であった。

「摺が暮には間に合わず、発市《うりだし》がおくれた。いま、摺師が、正月も返上、総出でおおわらわだ。ほどなく、この、歌麿描く美人大首絵が、蔦屋の店にならぶ。羽根が生えて売れるわな。おまえの大首絵もな、歌麿に描かせるゆえ、念をいれて磨いておきなさいよ」

最後の言葉は玉衣にむけた。

玉衣は、おっとり微笑している。

そのかたわらに腰かけた振袖新造の花里が、大首絵に、はじめちらと目をむけただけで、あとはまるで興味なさそうにしているのが、蔦重の気にさわった。

「これ、おまえもな、蔦屋の大錦になるように、つとめなさいよ」

花里は、わずかに会釈した。そのまわりだけが、しんと淋しい薄闇のようで、花にたとえれば夕顔か、と蔦重は思った。

小女が重三郎の草履をそろえる。

「どなたもごきげんよう、おしげりなさいませ」

おふじに見送られ、笹屋を出て、玉屋にむかおうと歩き出した行列は、すぐに、呼び止められた。

大門の方から息をきらせて走ってきたのは、彼の店の大番頭と家主だ。

「旦那様、旦那様」

「蔦屋さん、えらいことになった」

叫びながら走り寄る。

「蔦重さん、差し紙がきた。ただちに大番屋に出頭せよと。京伝さん、おまえさんもだ」

「私も……」京伝は、ふらりと足元を泳がせた。

「何のお咎めだ」

声を荒げる重三郎に、与兵衛がおろおろと、

「京伝先生の本が……」

「だから、言わないことでは……」

京伝は顔をおおい、しゃがみこんだ。

「御法度に……」

与兵衛の言葉は、大門の方から近づく騒々しい歌声にさえぎられた。

三味線をかき鳴らし、鉦《かね》をたたき、女乞食の群が、踊りこんできたのだ。

「番屋は何をしているんだえ。あんなのを入れちゃあ、だめじゃないか。追い払っておいで」

おふじが若い衆に命じる。

六尺棒をかざした番屋の男たちが、乞食の後から追いかけてくる。

女乞食たちは皆酔っていた。酒の勢いで、大門を押し入ったのだろう。

「あらたまの年も若やぎ千代の春
上清ければ流れの末も
やんらめでたや
やんら楽しや」

先の田沼の清いどころか濁流のような政治と、松平定信の清廉潔白をむねとするあ

まりに苛酷にすぎる政道を、ともに皮肉っているような歌だ。

「京伝先生の本が」

もう一度、与兵衛は声をはりあげた。

「御法度にふれて」

「どれも、行事改めはすんでいる。お咎めをうけるいわれはない」

「その行事も、不行き届きだと、差し紙だよ」

名主が言う。

「そんなはずはない。お目こぼしにすると……」

――だれか、表立って訴人したか……。

鶴屋か。須原屋か。

「さ、お早く。私の乗ってきた駕籠を、大門の前に待たせてあります」

「私の駕籠は……」

と、京伝が、

「名主さんの駕籠を使わせて……」

「いや、私も出頭しなくてはならない」

「どうしよう」

「大門の前に、いくらも町駕籠がいます。さ、さ、早く」

与兵衛がうながしたが、そのときは、女乞食の群が、笹屋の前まですでに押しかけてきていた。

「とらせてやっておくんなさいやし」

「とらせてやってくんなんし」

大門にいそごうとする重三郎らを、女乞食たちは押し返す。

群の中から、一人が、ずいと前に出た。

「蔦重の旦那、京伝の旦那、おひさしゅうござんすねえ」

三味線をかき鳴らしていた女だ。

顔を見さだめる暇はない。大番屋への出頭がおくれたら、咎が重くなる。

「お見忘れでござんすかい。旦那もつれないねえ」

「乞食に知り合いはない。どけ」

「おふじさん、おまえも、わっちを見忘れたかえ」

「おかんさん」

「あい」

女は、小腰をかがめて会釈した。

それで、重三郎も思い出した。廓芸者のなかでも、器量のよいのと三味線の達者なこと、喉のよさで、人気のあった女だ。座敷に何度か呼んでいる。

「おまえ、廓に出入りできる身か。よくも恥ずかしくもなく」

おふじが言うのに、

「その節ァ、お世話になりましたっけねえ」

おかんの声に凄味がこもった。

「いつか、お礼にこようと思っていたが、蔦さまが伝さまの本で大儲けとうけたまわってね。まずは正月の御慶《ぎょけい》に、通油町に行ったものさ。たいそうなご繁盛だねえ。旦那はここと聞いたから、もとの古巣にまかりこした。はい、おめでとうさんでござんす。あれ、大番頭さん、さっき見世にいたと思ったら、早業《はやわざ》だね。まるで、奥山の手《て》妻《づま》だ。ああ、さっき追い抜いていった駕籠か。さあ、旦那がた、昔馴染みのかんでござんす。祝儀をはずんでやっておくんなさい」

「情けない。おまえもおちぶれたものだ」

と、おふじが、

「心中の死に損ないが、いやがらせか」

「あい、御上がわっちを門づけに落としなすった。だから、こうして大道で、弾いて歌ってお銭《あし》をいただいていますのさ」

「一人二人の門づけならしおらしいが、おまえのは、ゆすりじゃないか。これをあげるから、番屋につかまらないうちに、さっさと行っておくれ」

小銭を、おふじは地に投げた。

おかんは、踏みつけて、

「へ、二文三文の鐚銭《びたせん》で、おかん姐さんを、追い払おうたァすさまじいや。こう、蔦重さん、京伝さん。小判の音でも、きかせておくんなさいよ」

もう、三、四年も前になるか、心中をしそこなったおかんと男が日本橋にさらされているのを聞いて、京伝ともども、物見高く見物に行ったことがあるのを、重三郎は思い出した。人の群の後ろから眺めたのだが、喉の白布に血をにじませたおかんは、彼を目の隅に入れていたのかもしれない。

それ、とおかんは三味線ではやしたて、女たちが歌い踊る。

「さてもさてもおもしろや
大黒舞とはやした」

女たちの中に一人、杖を持った長身のがいて、これは、紅白粉の濃い女姿ではあるけれど、あきらかに男だ。片足をひいているのだが、杖を小道具のようにあしらって、たくみに踊る。

「おまえたち、番屋の衆も、なにを見ているんだよ。早く追い払っておくれ」

おふじの声に、若い者や番屋が、錫杖、六尺棒をかざし、女乞食の群に割ってはいった。しかし、長い棒をふりまわすには、集まってきた野次馬が邪魔になる。

それまで、おかんとおふじのやりとりを見物していた玉衣の一行は、いそいで見世にもどろうとしたが、乱闘にまきこまれた。

おかんの肩にふりおろされた六尺棒を、女姿の男の杖がはらった。

笹屋の若い衆に助けられ、重三郎と京伝、名主はどうにか乱闘をぬけだし、大門の前に待つ駕籠に転げこんだ。

宙をとんだ六尺棒が、振袖の娘の上に落ちかかるのを、彼は、見た。からだがすばやく反応していた。飛び上がって、棒をつかみ、番屋の男たちの頭上に投げつけ、身をひるがえし、娘を抱きさらって、走った。片手の杖で、地を漕ぐようにし、片手は娘の腰を抱きささえている。華麗な振袖の下のからだは、細かった。

笹屋の前に踊り込んだときから、彼は、娘が目についていた。

衣裳や髪飾りからみて、花魁づきの振袖新造だ。

周囲の騒ぎにもあまり関心がないように、どこへともなく目をあずけていた。花簪の重みにたえないような細いうなじが、儚《はかな》げな淋しげな風情で、彼はいじらしさをおぼえたのだった。

彼が杖をふるい、六尺棒に立ちむかったとき、娘は、はじめて彼をみつめた。讃歎の色を彼は見てとった。

舞台でみごとな筋斗《とんぼ》を返ったとき土間からつたわるじわの手応えに、似ていた。

とんぼの親玉！

三国一！

娘をかばって、彼は揚屋《あげや》町の路地に走り込んだ。入り組んだ廂間《ひあわい》を走り抜けると、河岸《かし》にでる。しのび返しの先端がするどく闇を裂く板塀と、その外側の鉛色の汚水をたたえた掘割、通称おはぐろ溝《どぶ》、二重に囲まれた廓の、東西の塀にそったあたりが河岸と呼ばれ、間口四尺五寸、長屋づくりの切見世がならぶ。

大籬の花魁が天女菩薩にたとえられるなら、溝の悪臭がただよう切見世の女郎は、さながら三途の川の奪衣婆《だつえば》。腕をのばして、通る男を羽交締め、どうでも下帯解かさねば、と待ち構えている。

「なんだ、なんだ、片っぽうァ、赤いべべは着ているが、男じゃねえか」

「とんだ、女方だ」

「振袖新造と道行きか」

「めったに、ここァ通さねえ」

「この先ァ三途の川だぜ。承知か」

安女郎たちが、かしましくさえずりたてる。

娘は彼の胸に華奢《きゃしゃ》なからだをあずけていた。

若い衆が追いついた。

「てめえ、花里さんに何をしやがる」

数人がかりで、娘を彼からひきはがす。

蹴り倒され、彼は、土にころがった。その目の前に、娘の髪から珊瑚《さんご》の玉簪が落ちた。

娘は引き立てられていく。

彼の方をふりかえった。

彼ができるのは、笑顔をおくることだけだった。

「女方の兄さん、寄っていきな」

「よしな。よしな。新造をさらおうとした曰《いわ》くつきだ。厄介《やっけえ》なことになるよ」

「河岸まで落ちたわっちらに、この上厄介なことなんざ、ねえわな」

玉簪を拾い上げて、彼は、元結の根に挿した。

四

大番屋には、先にぶちこまれているものがいた。

京伝の新作に改めの判をおした二人の行事、松本平助と吉文字屋茂八である。

大番屋は、容疑者を勾留しておく留置所のようなところで、まず、ここに入れられ、与力が出張ってきて取り調べる。有罪らしいとなれば、入牢証文を作成し、伝馬町の牢屋敷に送り込む。何度か奉行所の白州《しらす》にひきだされて吟味《ぎんみ》をうけ刑を宣告されるまでの間、牢にぶちこまれているのである。

平助も茂八も、腰縄をかけられている。

同じように縄をかけようとする同心に、

「逃げはしませんよ」

重三郎は抗議したが、容赦なく、縄は手首にくいこんだ。

その夜は吟味はなく、留め置かれた。

「蔦重さん」

と、松本平助は、泣き声で、

「まさか、行事の私まで、お咎めをうけるとは思わなかったよ。おまえが大丈夫だというから、私たちは判をついたのに……」

若い吉文字屋茂八も、捕縛には衝撃をうけたとみえ、うなだれている。

「蔦重さん、私は、今後、いっさい、危ない仕事はいやだよ。こんな思いは、二度としたくない」

日頃は温厚な京伝の声に、重三郎への怒りがこもり、

「お菊が、どんなに案じていることか」

恋女房の名を口にして、語尾は涙声になった。

「蔦重さん、私も、いやですよ」

と、松本平助が、

「もう、もう、決して、危ないまねはしますまいよ」

「売れたよ、伝さんのあれは。江戸の衆が待ち望んでいたのだ」

重三郎は笑いをみせ、

「伝さん、ものは考えようだ。お牢入りなんざ、そうそうだれでもできることじゃない。戯作《げさく》の種になろうじゃあないか。作者は、なにごとも、乞食袋にためこむもの

だ」

「訴人されたのかもな」

松本平助が、聞こえよがしの独り言をつぶやく。

「なにしろ、蔦屋さんは、京伝さんはじめ、めぼしい作者や絵師を独りじめ。恨んでいる版元もいないわけじゃあなかろうな」

重三郎は聞き流した。

「蔦屋さんに目をかけられ、名をあげた作者や絵師は、大勢います」

吉文字屋茂八が重三郎の肩をもって、口をはさむと、

「ひよっこは、でしゃばるんじゃない」

松本平助は、言い捨てた。

番屋のものに、小銭をわたしたので、あつかいは、悪くはなかった。

冷え込んでの手水場《ちょうずば》通いもいやな顔はせず、寒いと言うと、熱湯をつめた瓦壜《かわらびん》を、一人に一つずつ、貸してくれた。

瓦壜を、腹にあてれば足先が冷え、足をあたためれば、腹や背が冷え込む。

「この中身が、熱燗《あつかん》ならいいのにな」

「飲みたいものですねえ、こういうときは」

吉文字屋茂八が、はりのある声で応じた。

若いだけに、投獄の衝撃から、立ち直るのも早かったようだ。

「歌さんの大錦《おおにしき》は、大丈夫だろうかねえ。あんな派手なものを」

闇の中で、京伝がつぶやいた。

重三郎は、からだを起こした。

「伝さん、あの大錦には、蔦屋重三郎の、精魂がこもっているのだよ。歌麿から、てめえでも気づいていなかった才覚を、私が引きだした。そうして、彫師摺師の伎倆《うで》のあらんかぎりをも引きだしたのが、美人大首絵だ。あれを、御法度破りだと咎められたら、私ァ、首くくって、ご老中のところに化けて出る」

「〈首くくって〉は、蔦屋さんらしくもありませんよ」

吉文字屋茂八が、笑い声で言う。

「化けてでるなんざ、湿っぽい」

「それじゃあ、どうする」

「あたしなら、ご老中の面前で」

「腹かっさばいて、はらわたを投げつけ、なんどと、芝居がかるつもりじゃああるまいね」

「こちらが言おうとしたことを、先取りされてしまった」

茂八の笑い声がひびき、

「しッ。牢番に聞こえるぞ」

松本平助はおびえて止めた。

「歌麿さんの、大錦を出しなさったんですか」

茂八は少し声を低めた。

「まだ、ためし摺ができたばかりだが、じきに、見世で売り出す。お牢を出たら、見ておくれ」

「はい。それを楽しみに、お牢暮らしを辛抱しましょう。春好《しゅんこう》さんの役者絵に大首絵があったが、美人の大首絵とは、新しいご趣向ですね。蔦屋さんは、いつも、新手を工夫しなさる」

春好は、全盛をほこる勝川派の絵師で、役者絵も数多く描いていたが、五年前、中風にかかり、右手が麻痺した。やむをえず、左手で描く修練をつんだ。さすがに、繊細な絵はむりで、大まかな筆致ですむ大首絵を、何枚か描いている。

「寒くて寝られたものではない。瓦壜を、もっともらおう」

重三郎は、もう一度牢番をよび、ついでに厠《かわや》に行った。

その夜は、そのまま留め置かれ、翌日、奉行所から与力がきて、口書（供述書）をとられた。

与力は一段高い座敷、重三郎たちは、筵《むしろ》を敷いた土間に、縄つきで土下座である。

「私が、京伝さんにたのみ、書かせたのでございます」

重三郎は、いわば、確信犯であった。

御法度に触れると覚悟の上でやったことだ。

「しかしながら、このたびの双紙、どれも、御法度にそむくような淫らなものではございません。書物双紙の新規の仕立ては無用と、お触れにあるのは承知しておりますが、地本問屋に本を出すなとおおせになるのは、百姓に米をつくるな、刀鍛冶に刀をうつな、漁師に魚を」漁《と》るなというのと、同じこと。楯突けば楯突くほど、刑は重くなるだろう。おそれいりました。私が悪うございました。今後、二度と、御法度にそむくようなまねはいたしません。

ひたすら、あやまり、詫びるほかはない。

御上を相手に町人の理屈がとおるわけはない。

青二才ではあるまいし、そのくらいはわきまえているが、〈お咎めがあれば、この蔦屋重三郎が背負う。作者のおまえには迷惑はかけぬ〉京伝にそう言い切った言葉が嘘ではないことを、示さねばならぬ。

行事にも、咎めがかからぬよう、すべてを一身にひきうけねば、この先、版元仲間、作者、絵師、版木屋から彫師、摺師まで、すべての信用を失う。

どれほど重刑といっても、これまでの判例からいって、死罪、獄門、遠島のような極刑をうけることはない。

江戸払いというなら、大木戸の外に見世をかまえてやる。

家財を没収するなら、また、無一文から出直してやる。

平伏しながら、腹の中で、活力が煮えたぎっていた。

牢屋奉行石出《いしで》帯刀《たてわき》宛の入牢証文がととのい、伝馬町の囚獄に送られたのは、その翌日である。

縄をかけられ、同心にともなわれ、人通りのある中を護送されるだけでも、いたたまれぬほどの屈辱だった。乾いた馬糞まじりの風が真向から吹きつけてくるのを、袖でよけることもできない。

「何をやらかしたのだい、あれは」

「いや、あれァ、大店の旦那の風体《ふうてい》だぜ」

道行く人々が後指を指しての話し声が、耳を焼いた。

「蔦重じゃないか」

「京伝だ、あれァ」

大番屋から伝馬町の牢屋敷まで、裏道もあるのに、役人は、いやがらせのように、通油町から三丁目、二丁目と繁華な通りを進み、大伝馬町との辻で北に折れる道をとった。

蔦屋は、与兵衛の機転か、見世を閉めていたが、蔦重と京伝が牢屋敷入りするという話はすでにひろがり、道の両側に野次馬がおしかけ、蔦屋と同じ並びの地本問屋鶴屋の店先には、番頭から奉公人まで見物していた。主の鶴屋喜右衛門は、さすがに、野次馬にくわわってはいなかったが。

牢屋敷表門に近づくと、門前にいる乞食が、「牢入りィ」と、門番に知らせる。広間と呼ばれる玄関にひかえている牢屋同心が、潜り戸をあけて、縄つきを引き取った。

牢庭、火の番所の前、霜解けでぬかるんだ土の上に、引き据えられた。

畳二枚分ほどの小さい番所である。

ここで同心は鍵役に入牢証文と縄つきの引き渡しをする。

すぐに牢入りかと思ったら、それまで縄尻をとっていた小者は、縄の端を柱にむすびつけ、自分だけ番所に入って、戸をしめた。

「寒い、寒い」

などと、声がきこえた。

番所の中には、炭火のおきた手焙《てあぶり》がある。

吹きさらしの外に、縛られたまま放り出された重三郎たちのほうが、よほど、寒い。

「いつまで、こうしているのだろう」

松本平助は、不安と寒さに、歯を鳴らす。

「たまりませんねえ」

吉文字屋茂八の声もふるえる。

「お牢入りは、日暮れときまっているのだよ」

一度経験のある京伝が、すすり泣くような声で教えた。

「日が落ちるまで、ここに放っておかれるのかい」

「そういう定めだから。この前は、これほど寒くなかったので、しのげたが……。だから、私は、危ないことは、もう、いやだと……」

ろくでもないことを決めやがって。

重三郎は腹の中で毒づいた。

足先がしびれるほど、冷え込んだ。

闇が濃くなり、ようやく、獄舎に入れられたのだが、牢の中の寒気は、外とまるきり変わらなかった。

入牢が、どれほど屈辱的なことか、重三郎は、身にしみて知らされた。

牢の前の通路を鞘《さや》土間という。

ここで、まず、下帯まではずした丸裸にさせられる。牢内に持込みを禁止されている金銀、刃物、書物、火道具などを、あらためるためだが、それにくわえて、屈辱感を味わわせるのが目的ではないかと思えるほどだ。

湯屋で裸になるのは、なにも恥ずかしくはないが、着流しに羽織、両刀を腰にした同心や、その下役たち、着衣の者の前で強制的に下帯までとられると、無力感、屈辱感に、気力も萎える。

追い立てられて留口から牢内に転げ入ると、中でまちかまえる囚人に、キメ板で思い切り尻を叩かれた。

五

どこからともなく散る桜の淡い紅が、孔雀長屋の水溜まりをいろどる。

「行かねえのかよ、商《あきね》え」

片袖ちぎれた振袖に、細帯をしめながら、おかんがうながす。

「その三味線の音をきくと、虫酸《むしず》が走らあ」

彼は、ふて寝したままだ。

「ましな棹《さお》を買ったら、つきあってやらあ」

おかんは、何か言いかけて、言葉をのみこんだ。

言いたいことは、彼にもわかっている。

買うほどの銭ァ、みんな、てめえが飲んじまうじゃねえか。でなけりゃあ、骰子《さいころ》だ。

おかんは、言わない。

おかんの視線の先は、彼の髷に挿した簪《かんざし》にむけられている。

それを、売れば、――せめて、質に曲げたら、もうちっとましな三味線も買える。

その言葉も、おかんは、口にしない。

すでに、何度も繰り返した口喧嘩だからだ。

口にしたら、あとは、とめどない言い争いで、あげくの果ては、おかんがつかみかかり、彼がなぐりつけ、ということになる。

擦り傷、打ち身の痣《あざ》だらけで、大門を放りだされた彼を、土手で待ち受けていたおかんが、髷の簪に気がついたのが、喧嘩の口切りだった。

抜き取って棄てようとするのを、そうはさせまいとして、廓通いの猪牙《ちょき》の行き来する大川のほとりで喧嘩になった。

「あの振袖新造《ふりしん》のだろう。ぼうっと見惚れていやがったな。あいつの心尽くしか。てめえ、突出しもすまねえ振袖の、間夫《まぶ》をきめこみやがったか。手の早え野郎だ」

「てめえに四の五の言われる筋ァねえや」

突き放し、立ち去ろうとすると、おかんが、

「忘れちゃあいめえが、おめえは、わっちが買ったのだ。おかん姐さんが、財布ぐるみ、投げ出して、てめえの旦那になったのだ」

う、と彼は言葉につまった。

「一生、買い切ったつもりか」

言い返すと、おかんはちょっと言葉をのんだが、

「そうよ」強気に言いつのった。

「贔屓《ひいき》に買われるのは、役者の甲斐性だろうが」

来な、と顎をしゃくるおかんに、彼は従った。

「簪一本で、やにさがりやがって」

おかんは、ことあるごとに毒づき、売れの売らぬのの喧嘩は二人ともこのごろでは
「なんだよ、これァ」

くたびれてきていた。

土間の前で、おかんの手下の女乞食たちが待っている。

「行かねえのかよ」

おかんが、声を尖らせる。

「おう、おう、朝っぱらから、また賑やかだな」

隣との仕切りの壁にあいた穴から、頭をつきだして、男が声をかけた。

「つい先ごろ、越してきたやつだ。

鉄蔵と名乗っている。年は三十前後、いかつい大男だ。たくましい体軀のわりに指は繊細で、絵師だということだ。よく筆を走らせているが、屑拾いじゃねえのかと思うくらい、この男が住むようになって以来、部屋の中はごみだらけになった。書き損じの反故《ほご》だの、飯粒のこびりついた竹の皮だの、黴《かび》のはえた食いかけの饅頭だの、鼠の死骸、茶碗のかけら、土間にまであふれて、たちまち、足の踏み場もなくなった。

「うるせえやい」

突き出た頭を、おかんは押し戻した。

「とんぼさん、行こうよ」

女たちが声をかける。

「おまえの踊りがあると、貰いがふえる」

「けッ。おれの筋斗《とんぼ》ァ、見世物じゃあねえや」

片足が悪いのに、けっこうみごとに筋斗を返るというので、投げ銭をもらえる。

「ゆうべ、どこかの賭場で有り金すっかり巻き上げられて、おまけに今朝は宿酔《ふつかよい》だから、おむずかりだ。放って行こう」

子分には、とりなし顔で、おかんは言い、

「小屋には行くなよ。稲荷町には、おれが縁切り金を払ったのだ。てめえは、いまじゃ、おかん姐さんの色」

そうして、

「飯は、煮売り屋で買いな」

小銭を彼に放り投げ、なんだか切ないような顔をちらりとみせて、べこべこの三味線をいやがらせみたいにかき鳴らしながら、溝板《どぶいた》を踏み、稼ぎに出ていった。

彼は起きなおり、小銭をふところに、すりきれた冷飯草履《ひやめしぞうり》をつっかけた。

溝板のわきに、ハコベが小さい白い花をつけていた。

新狂言の初日を明日にひかえた中村座の、裏木戸から彼は楽屋に入った。

「おう、なんでえ。勝手に入っちゃあ、ならねえ」

口番の爺がとがめた。

「幕内でい」

「おめえか」

居丈高な声が、やわらいだ。

「おめえ、このごろ、お菰《こも》をしているのを見たというやつがいるぜ。ほんのことか」

彼は肩をそびやかした。

「いそがしいだろう。手ェ貸してやろうと思ってよ」

「邪魔だあな」

爺が言うのを聞き流し、あがりこんだ。

大道具方がせわしく行き来する。

楽屋口を入ってすぐ右側は、立役のための風呂場で、その隣が、彼が長年なじんだ稲荷町だ。

役者は、十一月の顔見世狂言ごとに、座組がかわる。

幕府から櫓《やぐら》をあげることをゆるされた小屋は、江戸では、中村座、市村座、森田座の三座だけである。座元は世襲だ。三座には、それぞれ控え櫓がある。経済的に立ち行かなくなったりして休座すると、そのあいだ、控え櫓が興行する。森田座は、目下、借財がかさんで櫓をおろし、控えの河原崎座が、興行している。

役者は、毎年、三座のどれかと契約をむすぶ。しかし、下立役――稲荷町役者は、常に座付きで、変わることはない。

彼は、中村座の下立役だった。足の骨が砕けるまでは。

囃子《はやし》方の控える囃子町では、初日をひかえ、鳴物の大さらいの最中で、三味線や太鼓、笛の音が楽屋一杯にながれている。

つづいて、頭取座、作者部屋がならび、それと向かい合って、二階への大梯子がある。

芝居小屋は二階建てがきまりなのだが、実際は三階建てで、二階を中二階、三階を二階と呼ぶことで、ごまかしている。

中二階は女方の楽屋。二階が立役。

下立役は、よほどの用がなければ、梯子をのぼることはない。

梯子の脇の壁に、お触れ書きの写しが貼り出してある。

役者は、舞台衣裳はもちろんのこと、ふだんの衣服も、華美なものは、いっさい着てはならぬ、という趣旨のものだ。

華麗な衣裳を見るのは、芝居見物のなにより大きな楽しみの一つだから、役者も精一杯豪華にととのえる。衣裳は、すべて役者が自前であつらえる。小屋で用意するのは、稲荷町のきまりきった衣裳ばかりだ。

金糸銀糸の縫い取りやら、摺箔《すりはく》やら、まばゆい衣裳は、芝居小屋の幻想空間に咲き盛る花なのだ。お触れどおりの地味な質素な衣裳では、芝居の花は枯れてしまう。

金銭より、まず、衣裳を作り溜めるのが、役者の心得とされている。演技がたくみでも、衣裳が貧弱だと、見物から文句がでる。

芝居町は、吉原とともに悪所と御上からみなされ、御改革のしめつけはここ数年、きびしくなる一方だ。

条例はあってもなおざりになっていたことも、あらためて、厳重に言いわたされた。

芝居打出しは暮七つかぎり。明かりは禁止。

芝居茶屋は、中でいかがわしい色事がおこなわれないように、外から見とおせるようにせよ。離れ座敷をもちいてはならぬ。

色子と女方の区別をはっきりさせるために、色子はかならず編笠をかぶれ。

女方は、ふだんは振袖を着てはならない。

など、細かく、規定された。

「どけ、邪魔だ」

道具箱をかついだ男に、彼は、どなりつけられた。

大道具は、代々、長谷川勘兵衛が棟梁《とうりょう》として取り仕切っている。

どけ、と怒鳴ったのは長谷川の小頭で、顔見知りだ。

「なんだ、おまえか」

「手ェ、貸してやらあ」

「大《おお》ふうに言いやがる」

絵筆になじんだのは、富本の女師匠、おとよのところにころがりこんでいるときだった。

——ありゃあ、修羅場だったな……。

おとよのもとを出てから、下立役で舞台をつとめながら、初日前のいそがしいとき、彼は、道具幕や書割幕を描くのを手伝ってやった。なまじな職人より達者だから、小頭も重宝したのだった。

「おめえ、役者ァ廃業だってな。長谷川に弟子入りしねえか」

「そうして、おまえに顎でこき使われの、どなられの、か。ごめんこうむらァ」

気ままな手伝いだから、重宝がられている。

職人の弟子となったら、新弟子は、まず、雑用に使いまわされる。一日でも早く弟子入りしたほうが兄分。無理な言い分にも頭を下げなくてはならない。

「おれァ、堅気の暮らしァ、根っからだめなの」

小頭は、苦笑した。

わたされた刷毛を横ぐわえに、土間に飛び下りた。

舞台も土間も、初日前は、大道具方の仕事場と化している。

土間の桝《ます》の上に板を敷き、道具幕をひろげてある。膠《にかわ》のにおいが充満している。

「きざだの」

髷《まげ》の簪に、小頭は目を投げて笑った。


「東西」

初日があいてにぎわう芝居町を、木戸芸者の声が流れる。

中村座の堺町。市村座の葺屋《ふきや》町。二つあわせて、二丁町《にちょうまち》とも呼ぶ。

江戸三座の、森田座だけは、少し離れた木挽町《こびきちょう》にたつ。

小屋の両側と向かいには、芝居茶屋が軒をならべ、華やかに着飾った町娘やら町女房やらが、乳母だの下女だのを供に、出入りする。裕福な後家らしいのが大振袖の色子ともつれあい、頭巾で顔をかくした身分ありげな僧侶の姿もある。芝居町の一筋隣は、色子の置屋がならぶ葭《よし》町である。

桟敷の客に弁当や茶をはこぶ茶屋の若い衆が岡持をさげて行き来する。

『助六』をだすので、中村座の前は、吉原や魚河岸からの積み物が山のようだ。

そのほかにも、贔屓連から役者への進上物が、米俵だの酒樽だの蒸籠《せいろう》だの、にぎやかに飾りたてられる。

木戸の表には、木戸芸者が二人立ち、かけあいで、役人替名（配役）を、読み上げる。

「東西、東西。高うはございますれど、御免をこうむりまして、これより口上をもって申し上げまする。当座ご贔屓をこうむりまして、にぎにぎしくご見物くだされ、大入り大繁盛つかまつり、一座かけあいのものどもまで、ありがたき仕合わせに、存じ奉りまする。さて、当座狂言は、みなさまご贔屓、『助六縁牡丹《すけろくゆかりのぼたん》』『助六縁牡丹』にござります」

と、一人が声をはりあげれば、もう一人が、

「して、その役割は、何と読まれましたな」

相槌を打つ。

「これぞ江戸の心意気、花川戸の助六一役を、あいつとめまするは、江戸の氏神、大至極上々吉、市川団十郎、市川団十郎にございます」

「なかよ、なかよ、なっかなかなか、読ませられたりな」

決まり言葉のあいの手を、相棒がいれる。

「つづきましては、三浦屋の揚巻《あげまき》一役、岩井半四郎、岩井半四郎にございます」

「なっかなかなか、読ませられたりな」

「白酒売りおきく一役、瀬川菊之丞、瀬川菊之丞。意休《いきゅう》一役、尾上松助、尾上松助

……」

次々に、役者の名とその役名を読み上げ、

「なかよ、なかよ、なっかなかなか」

掛け合いのあいまに、呼び込みが、

「次の幕を見逃す手はねえぜ。一切り見ていきなせえ」

と、通行人の袖をひく。

「これからが、おもしれえところだ。助六が、意休をこづきまわすぜ。これを見ねえ奴ァ江戸の男じゃあねえ」

「袖がちぎれる、はなさっしゃい」

ふりもぎろうとした通行人も、

「されば、これより、吉例の、役者の声音《こわね》を使いましょう」

木戸芸者の声に、立ち止まり、

「ようよう」と騒ぐ野次馬の仲間入りする。

「まずは、大和屋の揚巻でまいります」

「揚巻ってェ面か」

半畳がとぶ。

「腰巻野郎」

「下手ァやったら、簀子巻きだ」

「慮外《りょがい》ながら三浦屋の揚巻でござんす」

と、木戸芸者は、野次を無視し、

「男を立てる助六が深間、鬼の女房にゃあ鬼神がなると、今からがこの揚巻が悪態の初音。意休さんと助六さんを、こうマア並べてみたところが、こちらは立派な男ぶり、こちらは意地の悪そうな男つき。たとえてみようなら、雪と墨。硯の海も鳴門の海も、うみという字に二つはなけれど、深いと浅いが間夫と客。間夫が無ければ、女郎は暗闇。暗がりで見ても、助六さんと意休さんを、取り違えてよいものかいなあ、と、ホホ敬ってもうす。鶴さん、後をたのむぞえ」

「うけとったりや、その次は」

「団十郎でねがいます」

そのとき、幕切れのしゃぎりの太鼓が、小屋の外までひびいた。これから幕間になる。

木戸芸者は台を下り、

「ここらで、ちょっと、留袖や、振袖さまに暇乞《いとまご》い」

木戸番たちが、扇をひらき、

「さあ、もうじき、お目当ての幕が始まるよ。始まるよ。入らっし。入らっし」

「アリャアリャアリャアリャ」

調子のいいかけ声で、見物を誘い込みはじめた。

「おめえ、新入りの狂言方か」

眉の太い、眼のぎょろりとした男が、彼に声をかけた。

狂言方は、役者同様、毎年、出勤する座がちがう。

このげじ眉に、見おぼえがあった。

ここ数年、顔を見ていないから、木挽町の狂言を受け持っていたのだろう。

名前も知っている。俵蔵《ひょうぞう》と呼ばれている。

勝俵蔵。狂言作者では一番人気の高い桜田治助の弟子だったが、愛想が悪くて、言いたいことはずけずけ言うせいで、師匠にも兄弟子にも煙たがられ、師匠と喧嘩して飛び出し、中村重助の門下に移ったと、噂に聞いた。

「なんだ、おめえ、ここの稲荷町じゃねえか」

と、むこうも顔をおぼえていた。

「部屋がちがうぜ」

と言いかけて、彼の足に気がつき、言葉をのんだ。

「『蘭平』で、梯子の下に足をおいたすっとんちきがいたと聞いたが、てめえだったのか」

五年前だったか、彼は、この小屋で狂言方の俵蔵に会っている。彼は知らない顔だと思ったのだが、向こうが、「おれが、桜田の師匠に弟子入りして、初めて中村座に出勤したとき、おめえが小屋の裏で筋斗《とんぼ》の稽古をしてるのを見たよ」と、声をかけてきたのだった。「おめえ、まだ、十三か四の餓鬼だったがな」そのとき、かわした話はそのくらいだった。その後、俵蔵は他の座に移り、今日が、久々の再会だ。

ゆうべ、仕事の終わった大道具方の職人たちと、楽屋で骰子《さいころ》になり、やったりとったりのあげく、おけらになって、そのまま稲荷町で寝てしまったのだった。

芝居小屋の朝は早い。

明けの七つには、一番太鼓が鳴り、小屋が開く。

いまでいえば、午前四時ごろだ。もっとも、江戸の一日というのは、のびちぢみする。

日が昇るときを明六つ、日没のときを暮六つとし、夜昼それぞれを六つの刻に等分するので、夏は昼の一刻のあいだが長く、冬は逆に短くなる。

いずれにしても、七つは、夜明けのほぼ二時間前。真暗だ。

江戸では、夜の興行がゆるされず、日暮れには打ち出しにしなくてはならない。

そのために、朝が突拍子もなく早い。

こんなに早くからくる見物もいないのだが、下っ端役者による芝居が演じられる。したがって楽屋も早暁から、下っ端役者や狂言方の見習いなどでざわめく。

寝入っていた彼は、早々に、たたき起こされた。

「女門づけに、おめえ、買われたのに、まだ未練がましくうろついていやがるのか」

と、稲荷町役者たちに嗤《わら》われたり、からかわれたりするのが煩《わずら》わしく、狂言方がつめている作者部屋にはいりこみ、邪魔だ、出ていけと言われないですむように、隅っこにからだを丸めて寝ころがっていたのだった。

芝居の蜜がからだにしみこんでいる。

柝《き》の音、下座の鳴物、役者たちの紅白粉のにおい。

慣れっこになっているときは気にとめなかったのだが、それらがすべて失われてみると、まるで、からだの血を抜き取られたみたいだ。

「おれが梯子の下にわざっと足を置いたわけじゃねえや。梯子がかってに乗りやがったのだ」

「稲荷町ァやめても、いい贔屓がついているとみえるな」

俵蔵も、彼の髷の玉簪に目をつけた。

「俵蔵さん、あいかわらず、柝がささくれてら」

彼は、話をそらした。

俵蔵の懐から、柝がのぞいている。

「磨いてやるわ。貸しな」

「気のきくことだ。木賊《とくさ》ァ、そこだ」

「只じゃねえぜ。駄賃をもらう」

「吝嗇《せこ》なことを言う奴だ」

「只今名をあらためて、せこの瀬古《せこ》左衛門というぜ」

「我が懐中をせしめ汁《じる》にせんとの魂胆よな」

芝居がかった地口で俵蔵は応じ、小銭をざらと、彼の手にこぼした。

黒衣をつけた狂言方が出入りする。せりふの入っていない役者に、陰からせりふをつけるのも狂言方の仕事である。

隅っこにうずくまり、彼は、木賊で俵蔵の柝を磨いた。

以前に知り合ったときも、俵蔵は、柝の手入れが悪いと、年中、兄弟子に怒られていた。

そのたびに、おれァ立作者になって狂言を書くのだから、柝が打てなくてもいい、と言い返し、なぐられていたのだった。

こんな柝じゃあ、なぐられても、しかたねえやな。おれが、よく磨いてやらあ。

三味線の調子をあわせる音が、囃子町《はやしちよう》からきこえてくる。

おかんを、ふと、彼は思った。

いい棹をもたせてやりてえな。

いきなり、柝をひったくったやつがいる。

「何しやがる」

取り戻そうとしたとき、柝で横っ面をなぐられた。

なぐったのは、黒衣をつけた狂言方で、見知らぬ顔だ。

しばらく、ぼうっとしていた。

「大事な柝だ。よその者が、さわっちゃならねえ」

よそ者と言われて、かっとした。

とたんに、からだが機敏に動いて、相手をはねとばしていた。

「よそ者たァ何でえ。おれァこの小屋に、二十年だぞ。てめえのような新顔が、よそもの呼ばわりァ、頭《ず》が高えわやい」

「二十年とは、大きくでたな」

俵蔵が笑い、

「さぼをよみやがって」

「ほんのこったぜ。おめえには、まだ話さなかったが、おれァ、下立役で座付きになる前から——七つの年からだ——中村座《ここ》で中売りをしていたのだ。俵蔵さん、おめえより、おれァ古顔だぜ」

「そいつァ、おそれ入相《いりあい》の鐘だ」

「古い洒落を言うじゃねえか。俵蔵さん、おめえも年だな」

「なにィ」

ふたりの息のあった掛け合いをよそに、柱にぶつけた頭をさすっていた狂言方が、ふと柝に目を落として、

「あ、これァおれの柝じゃあねえわ。俵蔵さん、おまえのだ。ささくれているから、すぐわかる」

「うめえ狂言を書くのに、柝なんざいらねえの」

俵蔵はうそぶいた。

「また、それを言う。そういうふうだから、俵蔵さん、おまえはいつまでたっても、うだつがあがらない。せっかく三枚目まであがったと思やあ、また五枚目」

狂言方も、立作者の下に、二枚目、三枚目……と、身分が画然とわかれている。

「うるせえ」

と俵蔵が袖をまくりあげたとき、頭取が顔をのぞかせた。

「幸吉が急な発熱での、出勤できかねるという。代わりをたてるよう、中二階に伝えてこい」

口早に言いつけ、「なに、端役だ。代わりもいるまいが」捨てぜりふで去った。

「おめえ、行ってきな」

狂言方に命じられ、

「駄賃をよこしな」

彼は、手をのべた。

大梯子をのぼりかけ、彼は、足をとめた。

――旦那……。

黒羽二重、杏葉《ぎょうよう》牡丹五つ紋の小袖に紫縮緬《ちりめん》の鉢巻と、助六の着付けの団十郎が、蛇の目傘を持った弟子をしたがえ、中二階の上がりはなから、一足、段を下りたところだ。

からだが熱くなった。まるで、初《うぶ》な小娘のように、頬に血がさす。

五代目団十郎は、役者にしては足が長く、胴が細く、どちらかといえば貧弱なからだつきなのだが、彼の目には、巨大だ。

見惚れて、彼は、一瞬よけるのを忘れ、あわてて壁ぎわに身を寄せた。

筋斗《とんぼ》のうまい若いの。

団十郎の言葉が、胸の底で、痛い。

彼の二、三段上まで、団十郎は、下りてきていた。

旦那、お久しゅう……。

声には出せず、みつめたまま、彼は腰をかがめた。

団十郎は、通り過ぎた。

その目には、彼の姿はまるきりうつっていないかのようだ。

——顔をおぼえていてくれなさるどころか、見向きも……。旦那にとっちゃあ、おれァ、ごみ屑か……。

梯子の脚を、がしっと握ってささえた自分の姿。高みにのぼってゆく団十郎。

胸の底に熱いかたまりがふくれあがって、喉にこみあげた。

元結切れたざんばらの、隈取《くまど》りの紅の中にぎらと光る目。

おれが、旦那をささえた。おれが。

一言、「おう」と……。

いや、声をかけてくだせえは、出すぎている。

ちらりと、まなざしの一つだけでも。

ほんのわずか、うなずいてくれなさったら、おれァ、千言、万言を読み取る。

眼裏《まなうら》の、梯子の上の団十郎の視線が、やさしみを帯びて彼を見下ろした。

現《うつつ》の彼の視野にあるのは、舞台に向かう団十郎の背中ばかりだ。

後にしたがう弟子の持った蛇の目傘が、彼を払った。足を踏みはずしかけて、かろうじて立ち直り、彼は踏段にうずくまった。

「ここな溝板《どぶいた》野郎の、たれ味噌野郎の、だしがら野郎の、そばかす野郎め。引っ込みやがらねえか」

団十郎の助六が、意休《いきゅう》の子分をののしる、威勢のよいせりふが、楽屋にまで流れる。見物が沸いている。

舞台は吉原仲之町。現実の吉原より、さらに絢爛《けんらん》としたつくりだ。桜の吊り枝が、華やかだ。

「こう、どうした」

頭取の伝言を中二階につたえ、のろのろと楽屋に戻ってきた彼に、俵蔵が声をかけた。

みなが忙しげに立ち働いているのに、俵蔵だけは、不精ったらしく、烟草をふかしている。

「中二階に、なにか厭味でも言われたか」

「いいや……」

名題下の女方が雑居する中二階の大部屋に顔をだすのは、初めてというわけではなかったが、なんとも不気味な雰囲気だと、強く意識した。これまで、どっぷりと幕内の水にひたっていたときは、かくべつ気にもならなかったのに、

――おれが、やはり、よそ者になったせいか……。

窓からの明かりは、大部屋のすみずみまでは、いきわたらない。

頭取から支給される蠟燭が、それぞれの小さい鏡の脇にたててある。ちびた蠟燭の灯は、女方たちの顔に、奇妙な陰をつくっていた。

化粧も着付けもすんだ一人の背中からもう一人が抱きついているのは、べつに、色ごとを誘っているのではない、最後の仕上げに手に白粉を塗るので、袖をまくりあげてやっているのだ。どっちも色子のなれの果てのせいか、ぐにゃぐにゃしていた。

あばた面や髭面をぞんざいに白粉でぬりつぶしているもの。

素っ裸になって衣裳を着替えるもの。

眉をぬりつぶし、羽二重頭、襦袢《じゅばん》をひっかけたままで、酒をあおりながら、座蒲団をまんなかに、あぐらをかいて、花札をひくもの。

出番を終えて、化粧を落としている最中のもの。くぼめた手のひらに油をたらし、顔をなすると、紅白粉がぐしゃぐしゃになり、拭き取るにつれ、男の地顔があらわれた……。

「役者というのも、思えば、奇妙なものだな。男が紅白粉……」

「あたぼう、あだつき、あだもうけだ。てめえ、そこに気がついたら、足が達者だろうと、役者にはもどれねえぞ」

　俵蔵は言い、

「成田屋もな、舞台を退《の》くとかどうとか」

「なぜ」

　思わず声が高くなった。

「初春の狂言のときだったか、楽屋で、ご贔屓の前で、ふとこぼしたそうだ。『素人様なら、せがれに家業をゆずり、隠居をする年になりながら、何の因果か、いやしい役者の家に生まれたばかりに、年にも恥じず、紅白粉』」

「そんなことァ、金輪際《こんりんざい》、言いなさるものか」

　彼は叫んだ。

　旦那のそんな言葉は、聞きたくねえ。

「紅白粉を落としたら、江戸の市川団十郎が、ただの隠居になりさがらあ。隠居はざらにいらあな。市川団十郎は三千世界にただ一人だ」

「助六さんの大当たり、やんや、やんや、やんや」

　舞台から女方たちの声が聞こえる。

　意休の子分二人と助六の立回り。助六が二人を尺八でたたきのめし、きっと見得の場面だろう。

廓で大尽遊びをする老人意休に、助六が喧嘩を売り、刀を抜かせようとする。

助六は、実は曾我の五郎。恩のある養父が盗まれた大切な刀、友切丸をさがしている。そのために、吉原にきて、相手かまわず喧嘩を売り、刀を抜かせてみている。

見物は、意休に喧嘩を売る助六に、幕府に楯突く江戸の町人を思いかさね、うっぷんをはらす。

「切らっしゃい、抜かっしゃい。どうな、どうな」

と、助六が意休を挑発するごとに、「成田屋！」の声がかかる。

そのとき、舞台の方がふいに騒がしくなった。

何人もが駆けこんでくるような乱れた足音。

「神妙にしませい」

袖に、彼は走った。

捕り方が舞台に踏み込んできたところだ。

逃げまどう役者に縄がかかった。

六

蔦屋の奥座敷で、ふっくらとした蒲団に横になりながら、燃えさかる火の音を、重三郎は、聞く心地がする。

炎を、現実に彼は見たわけではなかった。

しかし、彼の見世から運び去られたおびただしい版木は打ち砕かれ、焼きつくされ、書物の山は、その炎に投じられたにちがいないのだった。

彼の両の手首は、手鎖をかけられている。

すりむけて赤くただれた傷に、鉄の輪がふれるたびに、卸金《おろしがね》をかけられたように痛む。

——伝さんも、同じ痛みをあじわっていることだ……。

牢内ですごした半月あまり、そうして、白州《しらす》に引き出されての刑の言渡し。

忘れようと思っても、常住坐臥よみがえるのだが、何より耐えがたいのは、これまでに売り出した双紙、その版木、すべてを没収されたことだ。

牢内の暮らしは、からだにこたえたが、ものめずらしくもあった。

前もって、経験のある京伝に教えられていたから、衣類改めの前に、小粒を口に含んでかくした。

牢役人は黙認した。

公に保管する金子《きんす》は、出獄のとき本人に返さねばならないから、役人のふところは潤わない。

かくし銀を牢名主に差しだしたおかげで、牢内で手ひどくいためつけられることはなくてすんだ。

牢内のありさまを、あからさまに記した双紙はまだ、世に出たことがない。

かくされたことに、世人は好奇心をもつ。

お牢の中は、名主から役人、平の囚人まで、娑婆《しゃば》よりもきびしく身分がわかれていること。

娑婆にあったときの身分とは関係なく、大きい悪事をかさねたものが名主として敬われ、金子をたくさん持ち込んだものは、新入りでも、穴の隠居とか大隠居とかよばれて、いい待遇をうけること。

本来は、床は畳敷なのだが、名主が十枚もひとりじめし、積み上げて、見張り畳と称して殿様気分で座り、位の高いものから順に、四枚とか三枚とか積み、平の囚人は一枚の畳に七、八人、詰め込んで座らされること。

そのほか、書き並べたら、かならず売れるであろうことを目にし、

——『牢内節用集』。売れるだろうな。今は、御法度に触れるから、とてもだせないが、伝さん、よく見ておきなさいよ。いずれ、かならず。

と、思っていた。

持ちこんだ金のおかげで、新入りの四人は隠居、客座などの役付きにされたのだった。

耐えがたいのは、寒さと悪臭、そうして、飯のまずさだった。

囚人の中には、娑婆にいては飯が食えないと、牢内の飯をよろこんでいるものもいて、「お店《たな》の旦那といっちゃあ、情けねえものだ。もっそう飯が食えねえでは、男たァいえねえわ」

ぼそぼそした臭い飯をもてあましている重三郎たちを嘲笑した。

芝居の『夏祭浪花鑑《なつまつりなにわかがみ》』に、「江戸を見ぬと牢に入らぬとは、男の中じゃない」のせりふがある。

「そうだ。お牢入りァ、男のしるしだなァ」

重三郎は、笑って応じたのだった。

吟味与力の取調べが、二度ほどあった。

そのたびに、牢屋敷から北町奉行所まで、縄つきで引いて行かれるのである。

数人ずつまとめた縄の先を、役目の者が一握りにして、歩かせる。

傍目《はため》から見たら、鵜飼の鵜のような状態だろう。

通行人が、好奇の目をあびせる。

笠もかぶらせず、顔をさらしたままだ。

蔦屋重三郎に、山東京伝に、このようなざまをさせるのァ、御上の恥だぜ。

彼は、声に出さず、言った。

三度目の呼出で、お白州での、町奉行じきじきの取調べになる。

すでに、吟味与力によって、口書をとられ、おおよその吟味はすんでいるから、取調べはほとんど形式的なものであった。

刑が言い渡された。

ふたりの行事は、所払い。これは、たとえば日本橋一丁目にすんでいるものなら、二丁目に移ればよいので、わりあい軽い刑である。それでも、商いをしているものには、移転は厄介なことだし、そうそう空き店《だな》もみつからない。ようやく主家から暖簾《のれん》わけしてもらって見世をかまえた松本平助には、たいへんな災難だったし、小さい見世をだしたばかりの吉文字屋茂八にも、経済的な打撃は大きかった。

山東京伝は、手鎖五十日と過料二十貫目。

蔦屋重三郎は、同じく手鎖五十日の上、これまでの出版物はすべて絶版、版木・双紙没収、そうして、身上半減のきびしい仕置きを受けた。

築き上げた財産の、半分をとりあげられてしまったのである。

無一文になろうと、また、やりなおすさ、と、うそぶいていたのだが、いざ半減となると、先行きの仕事に大きな支障が生じた。

すぐれた絵師、作者を手中にするためには、彼は、出銭を惜しまなかった。

これと目をつけると、まず、吉原でもてなす。その後も、なにかと面倒をよくみる。

重三郎は、幼いころ両親が離婚し、仲之町で引手茶屋を経営する蔦屋利兵衛に養われた。

しかし、養父に跡継ぎが生まれたので、彼は別の生業をもとめ、大門口五十間道にささやかな書肆《ふみや》をかまえ、鱗形屋から発市《うりだ》される吉原細見《さいけん》の卸と小売をはじめた。十九歳だった。

吉原の妓楼や茶屋、遊女たちの名だの格付けだのを絵地図にした、吉原案内といったおもむきの冊子や絵図である。

細見は、大部数を捌《さば》けるものではないが、一定の需要は常にあり、経営は安定していた。

鱗形屋は、江戸で一、二をあらそう老舗《しにせ》の地本問屋であった。重三郎が二十五の年、鱗形屋は恋川春町の『金々先生栄華夢《きんきんせんせいえいがのゆめ》』を売り出して大評判をとったのだが、その年、不祥事を起こし、細見の刊行ができなくなった。大坂で開版された『早引節用集』という本を、鱗形屋の手代が、勝手に改題して売り出し、訴訟沙汰にまでなってしまったのである。

すかさず、重三郎は、独自に細見を発行した。しかも、それまでの小型本を中型にあらため、好評を得た。

さらに、その三年後、鱗形屋は、ふたたび不祥事を起こし、主は所払いになり、没落した。

重三郎は、鱗形屋がほとんど専属にしていた人気作家朋誠堂喜三二といち早く親交をむすび、さらに、人気の高い絵師北尾重政、その弟子の北尾政演、これも人気絵師の勝川春章などとも手を組むのに成功した。

北尾政演は、黄表紙・洒落本の名手山東京伝の、画家としての別名である。

版元の成功に欠かせない人気作家、人気画家を、彼は、手中にした。

日本橋・通油町に見世をかまえた天明三年、蔦重は三十三歳、脂がのりきっていた。

江戸の一流版元は、みな、日本橋界隈に見世をかまえている。ことに通油町には、鶴屋喜右衛門、村田屋治郎兵衛、松村弥兵衛と、老舗《しにせ》がならび、江戸の出版文化の中心地といえた。そこに、重三郎はのりこんだ。強引に割りこんだともいえる。

それ以来、十年に満たぬあいだに、蔦屋は、老舗鶴屋と肩をならべるまでになったのであった。

彼の家には、将来性があると彼がめぼしをつけたものが、始終、居候している。歌麿も、無名で銭がないころは、蔦屋の居候だった。

また、彫師、摺師も、腕のいいのをえりすぐる。

京伝の新作、歌麿の大首絵。

いずれも、たいへんな元手をかけ、借金をかさね、これから、儲けをというときに、絶版、そうして身上半減である。

新たな出版をしなくては、利が生まれないのに、そのための元手がない。

ごう、と、耳の底に、版木の燃える音が鳴った。

「くそ」

重三郎は、うめいた。

「間口五間の見世が二間半になろうと、蔦屋重三郎は半分になったわけじゃあないわ」

自分の声で、はっきり目覚めた。

目が覚めると、手鎖で爛《ただ》れた手首の痛みが強くなる。

「これ」

声をかけると、妾のみよが襖をあけ、敷居ぎわに手をついた。

正妻のさとひとりでは手がまわりきらないので、妾宅においていたみよを呼び寄せ、手鎖のあいだ、身の回りの世話をさせている。

みよは、身仕舞をすませていた。さともみよも、寝起きの顔を人目にさらさないたしなみがある。彼がしつけたのだった。青楼にいつづけた翌朝の、女郎の寝くたれた顔は、始終見なれている。町女房は、女郎とは違う。そう、日頃、教えている。

「お目覚めでございますか」

起き上がる重三郎に、みよは、下女とふたりで、手を貸す。

手鎖のおかげで、着物を着替えることができない。風呂にも入れない。せめて、下帯だけは、朝夕、二度とりかえることにしている。手鎖をかけられるとき、懐手にすればよかった。達磨のようなかっこうになるが、そうすれば、着物を替えることはできたものを。

下女が重三郎の裾をかかげ、みよは手早く下帯をとき、新しいのを腰にまわす。きもちよい締めかげんをこころえている。

「長うございましたね。五十日。ようやく、お仕置が終わりますねえ」

霜柱のたっていた庭に、桜が散りこぼれる。

手鎖と手首の、わずかな隙間にいれてある懐紙を、まず、みよはとりかえた。鉄の手鎖のおかげで、皮膚がすりむけ、爛れている。懐紙をはさむと、いくぶんなりと痛みをやわらげることができる。

彼の朝の手水《ちょうず》に、みよは従い、ふさ楊枝で歯をみがかせ、嗽《すすぎ》の湯呑を口もとにはこぶ。

はじめは、手順がうまくいかず、苛立ってどなりつけもしたのだが、五十日繰り返しているあいだに、みよも手慣れた。

朝の膳が、居間にととのえられている。

女房のさとが、給仕についた。

彼の左にみよが茶碗をささげ、右から、さとが、箸を彼の口にはこぶ。

赤ん坊のように、顎を突き出して食べさせてもらうのはいやだと、彼は、女房と妾を、右手と左手のかわりにした。

「朝から、赤飯かい」

「おめでたい日でござんすもの」

「おめでとうございます、旦那様」

みよも、あらためて、祝い言をのべた。

「これが、はずれてから、言ってもらおう」

茶を飲みながら、ふたりに、指先をもませた。

「まだ、しびれなさいますか」

さとが、訊いた。

「うむ、ことに、右がしびれる。何かこう、薄い皮が一皮かぶさっているような案配だ」

「今日、この縁起でもないものをはずしたら、楽におなりになりますよ」

みよは気楽に言ったが、

「大事ないといいけれどねえ」

さとは案じ顔になった。

名主立会いで、手鎖の鍵がはずされたのは、八つをまわってからだ。

縁に仁王立ちになり、両手を自在に動かし、腹の底から、重三郎は、吠えた。

そうして、与兵衛に、「勇助を呼びなさい」と命じた。

勇助は、喜多川歌麿の本名である。

馬喰町三丁目の住まいに、使いにやった丁稚《でっち》は、「お留守でございました」ともどってきた。「堺町だそうでございます。お帰りになったら、蔦屋さんが呼んでいるとつたえてくだされと、申してまいりました」

「そういえば、今日は、中村座の初日でございました」

みよがうなずく。

「成田屋の助六というので、前評判が高かったな」

彼が言うと、さとが眉をひそめ、

「それにしても、勇さんも、今日が旦那様のお仕置があける日だということぐらい、心得ているだろうに。芝居見物より、角樽を持って挨拶にきてもよかりそうなものを」

その角樽が、一刻ほどして、酒屋からとどいた。

さとが台所で受け取ると、

「歌麿先生からのお祝いでございます。先生は、衣服をあらためて、ほどなくお見えになります」

という口上だ。

「歌さんは、堺町だと聞いたけれど」

「それが、おかみさん、大変だったそうでございますよ」

酒屋の丁稚は、どんなに大変だったかを伝えるように目を大きくして、告げた。

「お手入れがございましたそうで」

「お手入れが」

奉公人たちが、話を聞こうと寄ってくる。丁稚は得意になった。

「助六の真っ最中、お役人衆が踏み込んできたそうで」

「悪いことをしたやつが、土間にでももぐりこんでいたのかい」

「いえ、それが、役者衆の衣裳が華美にすぎると御法度に触れて、成田屋から、大和屋、浜村屋、みな、ひっくくられて……」

「そんな、無《む》体《たい》なことを」

「大和屋に縄を……。ゆるせないッ」

叫んだ下女は、大和屋岩井半四郎に焦がれている。

ほどなく、歌麿はあらわれた。

黒羽二重に、中着は黒の変わり八丈、下にかさねたのは、関東縞に古渡り更紗、紅《も》絹《み》のあわせの半袖襦袢に黒七子《ななこ》の半襟をかけ、茶繻子の帯に鳶羽二重の羽織を裾長く、高蒔絵の印籠、蝦夷《えぞ》錦の烟草入れ、堆朱《ついしゅ》の根付、黒足袋に、仲之町草履、髪は吉原本多、と、京伝が洒落本で描写した通人粋人そのままの風体だ。

床柱の前に、重三郎は、歌麿の席をあけておいた。

「どうも、ご苦労さまでございました」

爛れた傷に白い布を巻いた手首にちょっと目を投げて、歌麿は、そつのない挨拶をする。

「ようやく、楽になった。今日は、心祝いだよ。まあ、そこに」

　悪びれもせず、歌麿は、上座に座った。

　みよが下女に指図して、酒肴をはこびいれる。

　さとが敷居からにじり入って、

「勇さん、おかげさんで、おまえさんの大錦がよくさばけてねえ、うちも大助かり」

「それは、よござんした。こちらさんも、ご災難でしたね」

　わずかな言葉づかいの違いを、重三郎は、敏感に感じた。

〈旦那、ご災難でしたねえ〉居候していたころの歌麿なら、すりよるようにして、そう言っただろう。〈こちらさん〉という呼び方には、微妙な距離があった。

「おまえさんも、災難だったねえ」

　さとの言葉には、この蔦重の特別な日に芝居見物に行っていた歌麿への刺がふくまれていたが、歌麿は間の悪い顔もせず、

「いえ、面白い見物《みもの》ではございましたよ。役者がお召し捕りになる図など、めったに見られるこっちゃあござんせん」

「みせしめだな」

　重三郎は言った。

「衣裳あらためで、どのような衣裳を使うかは、前もってわかっているはずだ。御法度にふれるなら、そのとき、おとり上げになればすむものを、見物衆の目の前で、役者にお縄をかけるとは、あんまりななさりようだ」

「松助さんの意休の、羽織紐の銀が、ことのほか、いけなかったようだと、頭取がぼやいていました。近来まれな大入りで、積み物がにぎにぎしいのも、引き幕やら何やら、役者への纏頭《はな》が多いのも、すべて、御上の逆鱗にふれたようでございます」

「芝居の大当たりが気にいらないのか。御上は、芝居国をお取り潰しになるつもりか」

ところで、と、重三郎はさりげなく、

「だれの招きかえ、堺町は」

人気絵師は、役者や力士のように、贔屓から座敷がかかったり招かれたりすることも多い。ことに、版元は、絵師を取り込もうと、さまざまに接待する。重三郎は自分もその手を使うから、直感していた。歌麿が、自腹を切って桟敷買いするはずはない。美人大首絵で人気沸騰の歌麿を手に入れたい版元が、招いたのだろう。

歌麿は、曖昧な笑顔をみせただけであった。

やはり、と内心うなずき、

「『当世踊子揃』は、たいそうな人気だ」

重三郎は話を、今日の眼目の話題にかえた。

「はい」

会釈を歌麿は返す。

「今度は、さまざまな女の相をな、十種、組物でだそうと思う」

「女の……相？」

「女の姿をな。文読む姿、烟草を吸う姿、日傘を……」

「大錦でござんしょうね」

「大首絵でな。おまえさんは、当分、美人の大首絵でいきなさい。女を描かせたら、喜多川歌麿、と世間様に言わせるようになりなさいよ」

燗のついた銚子を、さとがはこんできた。

「ひとつ」ととりあげたとき、手がすべったか、銚子が落ち、酒が膝をぬらした。

ひどく手がしびれる。口のあたりもしびれる、と思ったとき、からだが傾いだ。

七

仲之町の桜もそろそろ終わる。

花が散りつくせば、樹々は引き抜かれる。

花の季《とき》にだけ、植木屋が桜を運び入れて植え込み、並木をつくる。盛りをすぎれば、花は引き抜かれる。

その案配が、女郎のありようをなぞっているようだ。はては、さくらも酷《むご》き吉原……とうろおぼえの歌をつぶやいて、仲之町をぬけ、大籬《おおまがき》、半籬、小見世と入りまじってならぶ青楼の見世張りを、彼はひやかしながら歩く。

髷《まげ》に、あいかわらず、珊瑚《さんご》の玉簪《たまかんざし》だ。

——振袖新造だったな。

客をとっては、いないと思うのだけれど、彼が知らないあいだに、突出しをすませ、見世張りをしていないともかぎらない。

簪の持主の見世を、彼は知らない。あのとき、若い衆の提灯を見ておけばよかったのだが、そんな余裕もなかった。

いたら、返してやるんだが。

返してしまえば、それで終わる。

行列をしたてて茶屋に客を迎えにきたのだから、大籬か半籬。

——いずれにしても、おれには、一生縁のない場所だ。

それでも、ひょっとしたら、手わたす簪が結びの神となって、遊女と間夫。

間夫がなければ、女郎は暗闇、と、揚巻のせりふを口にし、苦笑した。

たとえ茶屋、船宿が意見でも、親方さんのわび言でも、小刀針でもやめぬ揚巻が間夫狂い。さあ、切らしゃんせ、たとえ殺されても……。

どさくさの最中に、ちょいとかかわった……小娘じゃあないか。言葉さえかわしていない。一目惚れというほど打ち込んだわけでもなし。

値打ちものの簪を、持主に返さねえじゃあ、盗人だ。ただそれだけで気にかけているものを、おかんのあまァ、とろっぴょうしに悋気《りんき》だ。

ぞめきの客をひきずりこもうと声をからす妓夫も、彼には目もくれない。遊ぶ客かひやかしか、風体《ふうてい》でわかる。

稲荷町でも役者と名がつけば、色を買いたがる女にはこと欠かず、貢がせるのは役者の甲斐性、銭を払うのは女の方とこころえ、こっちが身銭を切って女買いをしたことは、ほとんどなかった。

おかんと暮らすようになってから、やり場のない苛立ちをまぎらせようと、切見世の安女郎や、菰《こも》を手に土手に立つ夜鷹を買ったりもする。

この夜も、一通りひやかし歩いた後は、落ち着く先は、河岸《かし》だ。

煎餅《せんべい》蒲団に身を重ねると、

「とんぼに、サの字だの」

相方は簪に手をふれた。

振り払って、

「おれの名をなんで知っている」

「あれ、おまえ、とんぼというのか。けぶな名だ。上方じゃあ、一文たりねえ甘ったれをおとんぼ野郎というがの」

「とんぼにサの字たァ、なんだ」

「洒落の絵解きは、野暮だよ。とんぼを、仮名文字に見立ててみねえな。キの字だ。それにサをつけたら、てめえのようになる」

「気障《きざ》ってか」

「これが、さ」

と、また簪をぬきかける。

「よさねえか」

「大店のお嬢さんでもたぶらかして、まきあげたな、色男」

昨夜の博奕《ばくち》がついていたので、小銭があった。

女の床あしらいはひどくはなかったから、一切り遊び終わったあと、妓夫が言うままに〈直し〉にしたが、二度、三度と精を放って、ものうい気分になったとき、

「どうせのことに、朝まで遊んでいきなね」

あくびまじりに女に悪止めされ、しらけて、見世を出た。

掛行灯の淡い灯は、闇をいっそう濃くする。

ふらりふらりと、歩く。

とんぼ……か。

筋斗《とんぼ》のうまい若いの。

そう口にした団十郎は、お咎めがこたえたのか、俵蔵がうわさしたとおり男が紅白粉をつけるのに嫌気がさしたのか、江戸を去った。駿河から甲斐に旅に出ている。

旦那が芝居をやめるのなら、なんで、おれァあのとき、足をくだいてまで、旦那を……。

そうして、楽屋の大梯子で、団十郎とすれちがったときの情景が、他人の目でみる

ように、あざやかに浮かんだ。

すがるような、彼の目。

彼の姿を視野にいれず、舞台にむかった助六。

成田屋は、舞台を退きやがった。

おれァ、なんのために、おまえさまを支えたのだよぅ。

がくりと、からだがかしぐ。

舞台を退いたら、ただの隠居。甲州くんだりで、なにをしていなさるんだか。

歩くたびに、からだがゆれるのを、常になく強く意識した。

からだの中に、大きい空洞があって、そのために、ふらり、がたり、とたよりなく揺れるような案配だ。

いや、旦那は、引退の披露をしたわけじゃあない。また、もどってきなさるさ。

かならず、もどってきなさる。

そうすりゃあ、江戸の団十郎だ。おれの足だって、まんざらじゃあねえ。五代目成田屋を支えた足だァ。

強がってみても、しんと淋しく、つらなる青楼の灯の下を彼はうつろに歩く。

目の前を、何かがひらひら舞った。懐紙が舞い落ちてきたのだ。

だれが落としたのか、と見上げる。

大籬の二階の窓から、女が見下ろしていた。

視線があった。

——あの振袖新造《ふりしん》だ……。

彼は簪を抜いて、振った。

相手も手を振った。

そうして、何か身振りで示した。

待っていておくれ。すぐに行きます。

そう言っているように、彼には思えた。

おれの自惚《うぬぼ》れか。まさか、出てはこられまいに、と思ったが、少しすると、くぐりがあいて、女が身をかがませて、しのびでてきた。

彼のそばに駆け寄った。

抱きしめた。

寝ていて、手水にでも立ったところなのか、長襦袢一枚だ。小さい鳥をだきすくめるような感じだった。

簪を、女の髪に挿してやろうとすると、女はそれを手に取って、彼の髷に挿しなおした。

そうして、彼の胸に顔を埋めた。

このまま、連れて逃げちまおうか。ふと、そう思った。

しかし、女の方がすぐに分別をとりもどし、からだをもぎはなした。

くぐりのかげに消える前に、「はなざと」と、自分の胸に指をあてて、声を残した。

彼は、掛行灯にしるされた見世の名を、目にきざみつけた。

「開けてくんな」

孔雀長屋の戸を、彼はたたいた。

中からしんばり棒がかってあるらしい。

「こう、開けてくれ」

「だれだよ」

おかんの声がかえってきた。彼の声を聞きわけられないはずはないのに、朝帰りが気に入らなくて、いやがらせだ。

「おれだ」

「おれと言っちゃあ、みんな、おれだァな。名を言いな」

彼は力ずくで戸を引き開けた。しんばり棒がはずれる音がした。

寝くたれ髪のおかんは、むき出しの床に、薄い夜着をひっかぶり、ふてくされている。

隣に寝たおれた。

おかんは起き上がって、彼を見下ろした。

切見世の安女郎の残り香に、おかんは、いつもすぐに気がつく。

いや、花里の肌のかおりが残っているのだろうか。ほんの、またたきする間だった、抱きしめたのは。

おかんは、いきなり、彼の横っ面をなぐった。

壁の穴から、頭が少し突き出ている。隣の鉄の野郎が、一騒ぎありそうだと、おもしろがって、のぞいていやがる。

彼は目を閉じ、打たれるにまかせた。

おかんが土間に下りてゆく気配だ。目をあけると、土間にたてかけてあった鉈《なた》を手にした。

片手にさげて、床にあがってくる。

ぎょっとしてよけた。

おかんは、鉈を床板にぶちこみ、一、二枚はがした。割り砕いて竈《へっつい》にくべ、火をおこし、朝餉《あさげ》の支度にかかった。

八

「からだのほうは、いいのかい。手鎖がとれたとたんに、蔦重さん、卒中でぶっ倒れたと聞いたよ」

彫駒は、遠慮のない口ぶりで言う。

重三郎と向き合って座した六畳間の向こうは、板敷の仕事場で、十数人の職人が机に向かい鑿《のみ》をあつかっている。

まだ見習いの少年が数人、屑の素板に、一、二、三など、画数の少ない文字を稽古彫りしたり、鑿の使いように少し慣れたのは色板を彫ったりしている。一番新米は、掃除や版木はこびの雑用にこきつかわれている。

「ろくでもない噂がたったものだ。このとおりだ」

「ちっと、舌がもつれるようだが」

「駒さんも、よる年で耳がおかしくなったな」

たおれたときは、まわりが大騒ぎで、医者を呼んだりしたが、一月ほど休んでいたら、気分はふつうにもどった。

「これァ、勇さんも腕をあげたな」

　重三郎がひろげてみせた歌麿の版下絵を眺め、彫駒は、めずらしくほめた。

　本名駒次郎、彫りの伎倆は群をぬいていたが、昨今は、年で目が弱くなり、細かい仕事はできぬと、みずから鑿をとることはない。なによりむずかしい顔や毛割りは一番弟子の浅吉にまかせている。

「十枚、組物でだしなさるか」

「『婦女人相十品』と題してな。こんども、浅さんにやってもらえるのだろうね」

　重三郎は、仕事場の浅吉に目を投げた。神経を集中する顔の彫りにかかっているのだろう、浅吉は、座敷の話し声は耳にはいらぬようだ。

「浅は、鶴屋さんの急ぎの仕事が入っていて、手がいっぱいなんだが」

「そこを、なんとか頼まれておくれ。手間は、はずむよ。版下が、生きるも死ぬるも、彫り次第だ。歌麿初の大首絵『当世踊子揃』も、浅さんの彫りだからこそ、あの人気だ。せっかくの、この版下を殺したくァないのだよ。頼みますよ」

　版下絵の、絵師の描線をそのまま彫ったのでは、顔の輪郭や鼻すじなどは、太すぎる。糸のような細さに彫るのは、彫師の腕である。彫師の鑿のかげんひとつで、顔の表情がまるきり変わる。

　髪の生え際や後れ毛にしても、絵師はあたりをつけるだけで、ひとすじ、ひとすじを細やかに彫りわけるのは、彫師である。

　長い髪の毛は、一刀で彫りあげねばならない。途中で鑿をやすめ、彫り継ぐわけにはいかないのである。水に濡れた毛、幽霊の毛、振り乱した毛、それぞれ、特徴をださなくてはならない。髪の毛数本おきに太い線をいれて櫛目をあらわすこともあるが、これも版下にはなく、彫師にまかされた仕事である。

　着物の文様《もよう》にしても、絵師は細かく描きいれはしない。麻の葉だの紗綾形《さやがた》だのと指定すれば、あとは彫師の裁量による部分が大きい。

「急ぐのかい」

「それァ、早いほどありがたい。いま、勇助ァ、脂がのりきっている。せっかく版下ァ描いた、売り出しはいつかわからない、というのでは、気が抜けるわな。わたしもな、色がついて仕上がったところを、早く見たいのだよ」

「しかし、浅ァ、どうにも、手が……」

　と、しぶりながら、彫駒の目は、歌麿の版下絵からはなれない。

「色気がでたねえ」

「そのかわり、もとでのかかること」

重三郎は苦笑した。

「勇助め、吉原《なか》にいりびたりの流連《いつづけ》だ。勘定は、こっちにまわしてきやがる」

「廓《くるわ》も、大見世ばかりではないような。これァ河岸だの」

前髪を一結びした莫連《ばくれん》な女が、吸いつけた烟草《たばこ》をふっと一息という図である。

「雲母《きら》摺《ずり》の地つぶしにするかね」

「もちろんだ」

「煙を空摺《からずり》にしたら、どうだろう」彫駒は言った。

「そりゃあ、いい思案だ。光の加減で、ゆらゆらと、ゆれるようにさえ見えような」

重三郎はのりだし、「ああ、それは、よそさんに先に使わないでくださいよ。せっかくの工夫が二番煎じになっては、困る」

「この髪の彫りは、むずかしいの」

「そうだろう。なまじなものにはまかせられない」

「なんとも、こたえられない色気だ」

彫駒の目もとが次第に和む。

浅吉が一くぎりついたところをみはからって、彫駒は声をかけた。

「浅よ、ちっと、こっちにきな」

へい、と、木屑をはらい、浅吉は座敷の敷居際に膝をついた。

他の仕事を後回しにしても、やりたい、と浅吉は言った。

歌麿の新作は、たいそうな人気で世間にむかえられた。

『婦女人相十品』につづき、やはり組物の『婦女相学十体』と、なまめかしい女の諸相が、蔦屋の店先にならんだ。

鶴屋、近江屋、村田屋など、大手の版元から歌麿に誘いの手がかかっていることも、重三郎の耳に入る。

どれほど売れるといっても、錦絵一枚の値はたかが知れている。しょせん、女子供のなぐさみものなのである。歌麿の廓あそびの支払いは、蔦屋の儲けを食いつぶす。

それでなくても、身上半減という過酷なお仕置きをうけている。版木もこれまで刊行した双紙もすべて没収され、手もとは苦しい。しかし、弱みを見せたら、商売相手に蹴落とされる。

借金がかさんだが、彼は、みじめったらしいのは嫌いだ。

浮世絵も、黄表紙も、世間さまにとっては、いよいよとなれば、なくてもすむものなのだ。米や魚や野菜のように、どうでもなくては生きていかれぬというものではない。

いっときの贅沢、いっときの楽しみ。それがみじめったらしくては、買い手も財布の紐をとかない。

そうして、彼は、彫師、摺師には決して不義理をしないよう心がけた。

しかし、「一年三百六十日、北州、深川、品川の、女の夜着をわが家とこころえ、総籬《そうまがき》の呼出から、羅生門河岸の局女郎まで、肌知りつくし、色に磨きぬかれたあげくの、歌麿描く女のうるわしさだっさ」と、うそぶいているという歌麿のとめどない浪費には、「遊ばなくては女が見えぬというのは、いささか、情けないのではないか」と、釘をささぬわけにはいかなかった。「一人の女を知ったら、十人、二十人、描けてこそ、絵師の腕ではないか」意見しながら、重三郎は、自分のほうこそ、情けなかった。お仕置をうける前であったなら、一年じゅう、だだら遊びもさせてやっても、蔦屋の土性骨はゆらぐことはなかったであろうものを。

この年の秋、大嵐が江戸に吹き荒れ、大雨を降らせた。高潮が深川、洲崎《すざき》を襲い、人家を沖にさらい去った。残った家々は、洪水に、軒まで没した。

天明六年に未曾有の大洪水があってから、五年しかたっていない。嵐が過ぎたあとも、荒々しい気配は江戸の町に残った。

関東一帯におよぶ大風雨で、そのために米の値がまたも暴騰した。

神田の祭りもこの秋は淋しく、山車《だし》のほかにはろくに見るものもない。

銀座一丁目の京伝の瀟洒《しょうしゃ》な住まいに、みすぼらしい風体の男がおとずれた。

建仁寺垣をめぐらした、二階家である。

二階の居室に、京伝は招じ入れた。出窓の簀子《すのこ》縁《えん》に七草を植え込んだ鉢を置き、座敷の床にも、秋草を投げ入れた花器がさりげない。

「左五さん、おまえ、神奈川に行っていたと聞いたが」

「帰ってきたら、出水《でみず》で家は流され……」

ちょうど一年前、将来戯作者《げさくしゃ》として立ちたいから弟子にしてくれと押し掛けてきたことのある男だ。弟子をとるのが嫌いな京伝は、「草双紙を書いたりするのは、他に生計《たつき》をたてる商売を持った上で、なぐさみ半分にするものだよ。戯作を書くということは、教えたり教えられたりできるものではない。書きたいのなら、書きなさい。才があれば、教えられなくとも書けるものだ」と諭《さと》した。

心外だという顔を、その男は、した。才はあります、と言いたげだ。

滝沢左五郎と名乗り、亡父は松平家につかえていたと言った。武士の出である。侍が戯作の筆をとるのは、この節、いっこう珍しいことではない。芝居の狂言方や囃子方にも、旗本、御家人の次男坊、三男坊など、ずいぶん入りこんでいる。

松平といっても、老中の松平家ではなく千石の小名で、彼の父が没してから、俸禄を激減され、冷遇されたので、出奔した、というようなことを、左五郎は語った。その後、あちらこちら、渡り徒士《かち》のようなことをしていたらしい。二十四歳になるという。

　書いたものがあったら、見せてごらんと、言うと、さっそく、一作もちこんできた。自信と不安、傲然《ごうぜん》としたあつかましさと傷つきやすさがないまざった態度だった。ずいぶん生硬で未熟なものだが、先行き見どころはありそうだと、筆を入れた上で、和泉屋市兵衛方から、京伝の名で出してやった。その後、しばしば出入りしていたが、なかなか芽がでないのに苛立ったのか、ふいと、旅に出た。

　それが、落魄《らくはく》して、ふたたび、頼ってきたのである。

「あの出水のおかげで、深川洲崎名物の笊《ざる》蕎麦がなくなっちまったな」

京伝が言うと、左五郎は、露骨にむっとした。この災難に、蕎麦などどうでもいいではないか、のんきなお人だ、という顔だ。冗談も軽口も通じそうにない。住むところがないのだから、世話をしてくれて当然だという顔つきに、気の弱い京伝は、追い出すこともできず、

「まあ、しばらくここにいなさい」

――押しの強い相手に、どうも弱い……。

　手首に残る手鎖の痕に、京伝は、目を投げた。

この年、十一月の顔見世に、団十郎は、ふたたび舞台に立つことになった。

市村座である。団十郎は、名跡を息子にゆずり、自分は蝦蔵《えびぞう》と改名した。

狂言方の俵蔵も、この顔見世から、市村座にうつった。

俵蔵は、中村座で二枚目まであがったのに、市村座では、また三枚目に落ちた。

立作者は瀬川如皐《じょこう》。俵蔵より後輩の河竹文治というのが二枚目の地位につき、俵蔵は不満がつのっているようだ。

「こう、とんぼ、成田屋の改名の口上が評判だぜ。のぞきに来な」

俵蔵にさそわれ、彼は、楽屋にもぐりこんだ。

中村座はわが家のようなものだが、市村座は縁がない。しかし、両座は、おなじ並びで間に茶屋をはさんだだけの、つい近くだから、楽屋番も裏方も、なじみは薄いけれど、顔を見知ったのもいないわけではない。

俵蔵は「こいつは、おれの弟分だ」と、皆に言った。

団十郎あらため、蝦蔵は、『金目貫源家角鍔《きんめぬきげんけのかくつば》』の渋谷金王丸で、『暫《しばらく》』をだした。

つらねを書いた作者は、金井三笑である。立作者として人気随一だったのだが、このところ筆を断《た》っていた。それが、団十郎の復帰とあって、ひさしぶりに、三笑もつらねだけを引き受けたのであった。

本舞台で、悪人三人が悪だくみをしているところへ、切り落としの見物をかきわけ、これも見物の一人らしいのが、舞台にあがりこみ、悪人にくってかかったので、「なんだ、どんつくが、芝居とほんのことをとりちがえているわ」見物はざわめいたが、これが、瀬川菊之丞とわかり、芝居の趣向にどっとわく。

そこへ、「暫く」と揚幕から大音声。成田屋の出である。

「暫く、暫く」と花道七三。朗々と、つらねになる。

「東南軍茶利《とうなんぐんだり》降三世《ごうざんぜ》、西北《さいぼく》威徳《いとく》金剛夜叉《こんごうやしゃ》、中央大日大聖不動《だいしょうふどう》。成田は先祖の産土《うぶすな》にて、なまぐさ番付役者付、五代六代お取り立て。たてば芍薬《しゃくやく》、とどすりゃ牡丹《ぼたん》。あるき姿は伊勢海老若衆。まがり出《いで》たるそれがしは、源家累代《るいだい》の勇力士《ゆうりきし》。柿の素袍《すおう》も渋谷の金《こん》王昌俊《のうまさとし》という情け知り。惚れたらござや赤毛氈《もうせん》、桟敷中《さんじきなか》の間《ま》切り落とし」

花道に立ってつらねをのべる団十郎は、彼の目には、やはり、巨大だ。花道も小屋も、狭くみえるほどだ。

このところ、不景気で不入りつづきだった小屋が、どうだい、大入りじゃあねえか。

上手の袖で、俵蔵の筆を借り、彼は団十郎の暫を描きうつす。半紙いっぱいに、隈取った顔が描かれてゆく。

「いよう、いよう」

「待ってました」

見物がわいた。

成田屋が本舞台正面に正座し、改名の口上を述べはじめたのだ。

「……祖父は名人、親は上手、いずれも江戸の飾り海老にござりますれど、私儀はほんのザコ蝦でござりますれば」

海老ではなく、蝦の字をあてます、というへりくだった口上に、人気が集まっている。初日以来、今日で四日目。連日、大入りだ。

――成田屋は、へりくだっちゃあならねえ。

ザコ蝦だなんて、旦那の口から言わねえでくだっし。

三代目、四代目が江戸の飾り海老なら、旦那も立派な飾り海老だァ。おれの足がささえたのァ、ザコ蝦じゃあねえ。

こんな腑抜けな口上に、なんで人が集まるんだ。

「切り落としに、見や、おめえみてえに、役者をうつしているやつがいる」

俵蔵が彼に教えた。

身動きもならぬほど押し合っている切り落としに、見知った顔があった。

まわりが迷惑そうな顔をするのも平気で、絵筆を走らせている。

「あいつァ、おれの隣に住んでいる貧乏絵師だ」

「おめえの方がうめえ」

俵蔵は言った。

「何を描いているか、見えるのか」

のびあがったが、人の頭に邪魔されて、鉄蔵の手もとは彼には見えない。

「おれァ遠目がきく」

と俵蔵は笑い、

「桟敷の顔もよく見える。西の鶉《うずら》にいるのァ、蔦重だ。知っているか。通油町の地本問屋『耕書堂』の蔦屋。山東京伝の洒落本で、お咎めを受けた。昨今は、歌麿の美人大首絵であてた男だ。目端《めはし》がきく。隣にいるのが、京伝だ」

「その隣にいるしゃっちょこばったのは、だれだ」

「知らねえな」

芸者をはべらせ、酌をさせている蔦重と京伝に目を投げ、

――そういえば、おかんのやつが……

と、彼は思い出した。

あのとき、おかんが因縁をつけたのは、あの二人だったな。おかげで……と、髷の簪にちょっと手をやり、

――玉屋の花里……。

抱きしめたときの感触をよみがえらせた。

「あの男、卒中でたおれたと聞いたが、いっこう達者だな」

卒中という言葉と、手もとの描きかけの絵が、追憶をさそった。

おとよの家にも、中風で身動きの不自由な男がいたっけな……。

「うるせえ」つけ打ちの狂言方ににらまれ、俵蔵は黙ったが、いっそう、ふてぶてしい顔つきになった。

五代目の後を継いだ六代目団十郎は、十四歳の少年で、三升《みます》の陣羽織に市川の家の荒事につきものの三本太刀。これも花道で、襲名のつらねを、はりのある声で述べる。

「遠からん者はおとなばえの荒事。見立てはだれぞ、丸に一門に入るなら笠をとれ。脱がぬはませっ子ませ垣の、菊は瀬川にえび市川。これで二つの川見せぜりふ。近くば寄って、目にも三升の名あらため……」

十四か。おれは、十四のときは、中売りもしながら、筋斗《とんぼ》の稽古にはげんでいたっけな。そうして……。

彼は、ちょっと笑った。吐息をつくより、笑った方がましだ。

桟敷は、上と下、二階になっている。その下の桟敷は、前に横木が二本わたされ、その間から見物が顔を突き出すさまを鶉《うずら》にみたて、鶉桟敷、略して〈鶉〉ともいう。

蔦屋重三郎は、いつもは、なじみの茶屋に東の上の桟敷をとらせているのだが、この顔見世は人気が高くて、気に入った桟敷がとれず、鶉になった。

「夏芝居なんざ、がらあきで、二丁町も末期かと思ったが、息をふきかえしたな」

「そうだな」

京伝は言葉少なくうなずいた。

蔦重には苦い思いをさせられているけれど、こちらから頼みごとをしたのに、蔦重のほうから芝居に誘ってくれたのだから、愛想よくしなくてはならない。

「芝居は、こうでなくては、な。息がつまるほど見物がおしかけなくては、小屋ァ半病人のようなものだ」

見物の生命を注入されてこそ、芝居小屋も血がかよう。

役者の血と見物の血が、一つに流れて、狂言もまた、生命を持つ。

そう、重三郎は感じる。

「そっちの若いお人にも」と、重三郎は芸者に「酌をしておあげ」と、京伝の隣にかしこまっている左五郎をさした。

「芝居見物にきて、そう、ぎしゃばることァないよ、左五さん。膝ァくずしなさい」

そうして、蔦重はつけくわえた。

「ほかならぬ伝さんの頼みだから、おまえさんの身柄は、蔦屋があずかりましょうよ。いつからでもきなさるがいい」

京伝は、左五郎を居候においていたものの、お菊と左五郎の折り合いが悪い。居候のくせに、横柄で気むずかしくて口うるさくて、と、お菊はこぼし、家の中がぎすぎすしてきた。京伝がなにより苦手な雰囲気である。「戯作修業をしたがっている若いのがいる。蔦重さんのところで面倒をみてやってはくれまいか」と、押しつけた。居候のあいだに、左五郎に二本ほど代作もさせてみている。大筋を京伝がつくり、左五郎に筆をとらせた。その二作と、京伝の名で和泉屋からだしてやった作とを重三郎に見せた。「読ませてもらいましたよ」という返事とともに、「鶉ではあるけれど、葺屋町の桟敷がとれたから、いっしょに連れておいでなさい」と重三郎から誘いがかかったのである。

しかし、舞台をながめながら雑談ばかりで、重三郎がなかなか本題に入らないので、左五郎がいらいらしているのが、京伝にはよくみてとれ、気をもんでいた。ようやく、「あずかる」と明言したので、ほっとした。

「おまえさん、芝居見物は、はじめてかえ」

重三郎に聞かれ、

「はい」左五郎は肩をそびやかした。「はじめてです」

「どうりで、秋刀魚《さんま》が裃《かみしも》を着たようなものを書くの」

出水のおかげで深川洲崎名物の笊蕎麦がなくなっちまった、と京伝が言ったときと、同じ表情を、左五郎はむきだしにした。

うわべだけとりつくろって、調子のいいことを言い、かげで足をひっぱったり悪口を言ったりするやからより、正直でいいのかもしれないと、京伝は、なにごとも好意的にとろうとつとめる。

左五郎がくってかからぬ前に話題を変えようと、

「この入りは、蝦蔵にとっては、あまり名誉なことではないと思うがな」

京伝は、言った。

「なぜ？」

「狂言がおもしろい、芸が巧みだと評判をとっての大入りならよいが、口上のせいとあってはな」

「しかし」と、重三郎は、「なんであろうと、評判をとるのは、悪いことではない。話の種が人を呼ぶ。まず、見物衆がきてくれぬことには」

「おや、あれは」

京伝が土間をさして、話の腰を折った。

「前に、蔦屋さんで見かけたことがある顔だ」

「どこに」

「切り落としに」

「ああ、春朗だ。からだがでかいから、どこにいてもすぐにわかる」

重三郎はうなずいた。

「勝川春章の弟子だ。黄表紙の挿絵だの、役者絵も描く」

「黄表紙は、作者はだれで」

「なに、名のある作者のは描いていない。たけ光のさや南利《なり》に錦松堂軒東だったか……。まだたいした仕事はしていないが、先行き、見どころはありますよ。また引っ越したとみえて、住まいがわからなくなっていたのだが」

「またといって、よく引っ越すのかい」

「腰のすわらない男での。寝る場所も座る場所もないほど散らかし住み荒らし、どうにも住み心地が悪くなると、よそへ引っ越すという話だ」

酒肴をはこんできた茶屋の若い衆に、

「切り落としに、ひどく目立つ柄の大きい絵師がいるだろう。蔦屋重三郎の招きだといって、ここによんでおくれ」

祝儀をわたして命じた。

「役者絵は勝川の家の芸だな。うまいのかえ」

「いや、師匠の筆法をまねているだけだったが、少しは腕をあげたか、見てみようと思ってな」

ふたりの話に、左五郎が緊張して耳をかたむけている気配だ。

「傍若無人《ぼうじゃくぶじん》で、しじゅう、師匠の逆鱗にふれているというよ」

重三郎は言った。

「結句、傍若無人のごり押しが、世の中、勝ちかな」

気弱く、京伝はつぶやき、ようやく蔦屋に押しつけて厄介払いした居候に、ちらと目を投げた。

若い衆が、切り落としに詰まった見物をかきわけ、春朗に耳打ちする。

六代目を襲名した若い団十郎の扮する真田与市義貞が、本舞台で見得の場だ。

春朗がのっそり立ち上がるのが、鶉からも見えた。

大きいからだが座り込むと、鶉桟敷はたちまち窮屈になった。

「お久しぶりで」

声も野太い。

同席しているのが山東京伝と知って、春朗の目がかがやいた。

無名の絵師からみたら、山東京伝は雲上人だ。

「おまえさん、しきりに、役者を写していたね。見せてくれないか」

重三郎に言われ、春朗は、嬉しさをかくした仏頂面で、画帳をわたした。

「どこの版元さんから出すのだえ」

「いや、別に……」

「決まっていないのなら、うちで出そうか」

「それは、ありがたいことで」

浅黒い顔が笑みくずれた。

「三座、それぞれ、二枚つづきという趣向はどうかな」

きびきびと、重三郎は話をすすめる。

「おまえさん、いま、どこに住んでいる」

「米沢町のぼろ長屋ですが」

「いっそ、当分うちに住みこまないかね。芝居町に通うにも、米沢町からよりは、よほど近い」

住みこめと言うのは、仕事をいそぐからだ、と京伝は察しがつく。芝居の人気にあわせて、早いところ、売り出そうというのだろう。蔦屋の仕事に専念させ、ほかの版元の介入をふせぐという意味もある。また、趣向をよそにもらさせないためでもある。

「願ってもない。実ァ、わたしァ、師匠をしくじって、破門を言い渡されましてね」

「なんと、破門か。それでは、勝川春朗とは名乗れぬな」

「勝川を名乗ろうが、名乗るまいが、おれは、おれで、変わりはない」

京伝が盃をすすめると、春朗は芸者の手から銚子をとって、手酌であおった。

大当たりをとった蝦蔵の改名披露の口上は、この日かぎりになった。

京伝が言ったとおり、蝦蔵自身も、口上で人気があがるのは役者の恥と、とりやめたのである。

だが、いったんはずみのついた客足はとだえず、まず評判をとるのが大事という重三郎の言葉も、立証されるという結果になった。

それを最後の花として、芝居の人気は、急速に落ち込んだ。

九

明けて寛政四年、蔦屋から出した美人大首絵の組物、『歌撰恋之部』で、歌麿の人気はゆるぎないものになった。

深く忍ぶ恋、夜毎に逢う恋、物思う恋、などとそれぞれに題した女たちの表情、姿態は、その背後にある恋の諸相を、見る者に想像させた。

春朗の細判役者絵も、去年の暮、市村座の『金目貫源家角鍔』から〈市川蝦蔵の山賊実は文覚上人〉と〈坂田半五郎の旅僧実は鎮西八郎為朝〉、中村座の『二代源氏押強弓』から〈市川高麗蔵の平井権八〉と〈松本幸四郎の幡随院長兵衛〉とそれぞれ二枚つづき、それに〈市川男女蔵の奴《やっこ》ただ平〉と、三種だしたが、こちらは、まるで評判にならなかった。

春朗が師としていた勝川春章は、美人画も描くが、役者絵もたくみで、細判の続き絵が多い。弟子たちも、春英、春好、春艶、春鶴など、みな、役者絵をよくする。破門されたといっても、春朗の画風がたちまち変わるわけもなく、他の勝川派の絵師にくらべてぬきんでた特徴はない。

重三郎と同じように、他の版元も蝦蔵の口上の人気をあてこんで、勝川派の絵師に役者絵を描かせたから、春朗の絵は、目立たなかった。

どれも同じようなものなら、名のとおった絵師の方が売れる。

勝川派では、数年前に、春英と春好が、はじめて役者の大首絵を描いて、一工夫あるところをみせた。歌麿の美人大首絵は、それを着想のもとにしている。春好は卒中でたおれ、その後、はかばかしくない。春英の役者大首絵は、重三郎には物足りなかった。いかにも女客が気に入りそうなきれいな絵だ。重三郎がもとめているのは、役者の性根、狂言の役の性根が迫ってくるような、底力のある顔である。

――春朗は一癖あると期待したのだが……。

癖は、散らかし癖ばかりで、重三郎もいささか閉口している。居候の左五郎と春朗を一つ部屋にしたのだが、左五郎は几帳面、春朗は散らかし放題だから、悶着が絶えない。

春朗の役者絵は師匠のまねから抜けでていないが、見はなすには惜しい。内に鉱脈を持っている。それをまだ掘り当てていないだけだ。

市村座の初春狂言『若紫江戸子曾我』の〈市川門之助の曾我十郎〉と〈瀬川菊之丞の大いその虎〉の二種を、細判でだしてやったが、これも、はかばかしくはなかった。左五郎の戯作も、堅苦しいが、育て甲斐はありそうだとみて、京伝が趣向をたててやった二作をだすことにし、その挿絵を春朗に描かせた。

ふたりとも、我が強い。

戯作の挿絵は、おおむね、作者が絵柄を指定し、それによって絵師が描くものなのだが、春朗は左五郎の指図を無視する。

上から禁令でおさえつけても、重石が少しでもゆるめば、掟破りは後を絶たない。

禁令は、それを直接実施する者の手加減一つで、強まりもゆるみもする。

出版の禁令も、その後、新しく双紙をだしたからといって咎められる者はなく、蔦屋重三郎と京伝の重刑は、他へのみせしめとして科せられたようなものであった。

そうして、どれほど御上がおさえても、芝居小屋の、舞台の華美もまた、奪いつくすことはできない。

役者のからだから輝き出る光は、消しようがない。

華やかな幻想空間の板一枚の下に、暗黒の奈落がある。

地上の景気不景気にかかわらず、奈落は、常に暗い。

作者部屋にまた入りこみ、烟草《たばこ》をふかしている俵蔵のかたわらで、彼は手持ち無沙汰なままに役者の似顔絵を描いている。

穴番の頭が、「おう」と、穴番を呼び集めた。

奈落でセリの上げ下げをつとめるのが穴番である。

一《ひ》ィ二《ふ》ゥとかぞえ、

「頭数ゥたりねえな。また喰らい酔いやがったな。だれか手ェ貸せ」

「おうよ」

描きかけの紙をおいて、彼は応じ、立ち上がって、駄賃の催促に手を出した。

「てめえじゃ、半人足《はんにんそく》だ。もちっとましなのはいねえのか」

頭の言葉に、

「なにィ」

ぬうと立ったのは、俵蔵だ。

「とんぼの、どこが半人足よ。てめえらより、よほどましだ」

胸倉をつかみかけたので、

「やめなよ、俵さん」

彼のほうがあいだに入ってとめた。

そうして、闇の奈落への梯子を下りた。

後から、俵蔵もついて下りてきた。

太い柱にとりつけられた燭台の蠟燭が、黄ばんだ弱々しい光の輪を作る。

上方では、奈落でまわす回り舞台が考案されたが、江戸の小屋はまだ、車のついた置き舞台を黒衣が舞台の上でまわす簡単な仕組みで、それも、たまに舞踊に使うだけ、大掛かりな道具変わりはできない。

セリの工夫も、上方のほうが早かった。回り舞台も考案した狂言作者、並木正三というのが、奈落で轆轤《ろくろ》と滑車をつかい、役者七人をのせた二階建ての大屋台をせり上げ、見物を喜ばせている。

江戸の小屋のは、まだ、穴番がセリをかついで持ち上げる原始的なものだ。

「こんな小屋ァ、一度ぶちこわして」

と、俵蔵の声はあたりかまわず大きい。

「上方のような仕組みにすりゃあいいんだ。そうして、おれに正本を書かせてみねえ。見物が目っぱまわすような早変わりをみせてやらあ」

「俵さん」と、頭がはらはらする。

三枚目と地位は下だが立作者のすぐ下の二枚目まであがったこともある年季をつんだ古参の俵蔵に、頭は強いことは言えないでいる。

「しッ」と、指をたてた。蝦蔵と弟子たちが、下りてきた。

蝦蔵がセリ台にのるのを、弟子が介添えする。

台の下に肩を入れ、数人がかりで、ぐいと持ち上げる。

セリ台は、ぐらぐら揺れた。

だれか、わざと揺らしていやがるな、と彼は思った。

穴番だの窓番だの、裏で働くものたちは、きまった給金はほとんど出ない。頭取や役者からの心づけで暮らしている。心づけがゆきとどかなければ、いやがらせもする。

弟子がいそいで、小銭をつつんだお捻《ひね》りを、頭にわたした。

セリはなめらかに上がりはじめた。

花道で黒衣が差し出す面明かりの光が、切り穴からさしこむ。

蝦蔵の顔から半身が、徐々に、光に濡れてゆくのを、彼は見上げた。

楽屋にもどると、俵蔵はまた、煙管に烟草をつめ、一服して、烟草盆にたたきつけた。

「ぜんてえ、つまらねえ芝居だ」

そのかたわらで、蝦蔵の顔を、瞼から薄れないうちにと、彼は描きはじめた。描いているあいだ、彼は、蝦蔵と一つになる。

「入りが悪いのァ、不景気のせいばかりじゃあねえ。なあ」

生返事をかえすと、いきなり、絵筆を奪いとられた。

「何しやがる」

見上げると、俵蔵ではない、狂言方の一人が居丈高に、

「作者部屋の道具を、かってに使うな」

「野郎」

俵蔵が突き飛ばした。

「おれが貸したのだ。てめえらがぐぜることァねえわ」

「師匠のいいつけだ。お菰《こも》に筆やら墨やら、かってに使わせるなと」

「吝嗇《あたじけ》なすびめ」

仁王立ちの俵蔵と彼を、集まってきた狂言方や裏方たちが取り囲み、つかみあいに

なった。

そのとき、立作者の如皐《じょこう》が入ってきたので、狂言方はしずまった。

「俵蔵、私に恥をかかせてくれたな」

如皐は言った。

「さきほど、成田屋の弟子から聞いたが、おまえ、成田屋に味なまねをしたそうだな」

「なにも」

「私の弟子が、穴番に手を貸すだけでも、よけいなことなのに、恥ずかしくもなく、セリをゆらして、祝儀をねだったそうだな」

「あ、それは、俵蔵さんじゃねえ」

彼は思わず口をはさんだ。

「ゆらしたのは、穴番だ」

「お菰はすっこんでろ」

狂言方の一人が彼を小突いた。

「俵蔵さん、早く詫びを入れな」

「なにも詫びることァねえもの。師匠、おまえさまも目がねえな。おれがそんなけちなことをすると思っていなさるのか」

「お菰とつきあっているうちに、根性がいやしくなったのだろう」

狂言方の言葉が、彼をかっとさせた。

くそっ、となぐりかかった。しかし、相手の人数が多過ぎた。

手とり足とり、

「二度と、小屋に足踏み入れるな。こんどきやがったら、簀子《すのこ》巻きだぞ」

裏木戸から小屋の外に放り出された。

高砂橋のたもとにたたずんでいると、俵蔵が追いついてきた。

「おめえ、むしょうに絵が好きだな」

俵蔵は、しゃがみこんだ彼の足元をのぞきこんだ。

足元の土砂をかきあつめ、手からこぼし、彼はいつとなく、地面に蝦蔵の顔を描いていた。

「そうでもねえ」

「舞台《いた》に立つほうが好きか」

「実のところを言やあ」

ぼそっと、彼は、応じた。

「おれァ、絵師の子さ」

「ほんとうか」

あまり物に動じない俵蔵が、驚いた声をだした。

「絵師は絵師でも」

砂粒が、さらさらと、瞼の裏を流れた。

指のあいだから流れ落ちる一筋の砂は、地面の上に、人の顔を描き出す。

色のついた砂をこぼす女の手は、手のひらにも細い指先にも、染め粉がしみついている。

「大道の砂絵描きだ」

だれにも語ったことのなかった言葉を、口にした。

冬も冷たい水で砂を洗っては染めるから、母親の指はひびだらけで、染め粉の赤や青は、その奥までしみとおっていた。

彼に朝飯をたべさせると、母親は、前の晩に洗って染めなおし、乾かしておいた色砂を袋にいれ、彼の手をひいて長屋を出る。

彼がものごころついたときは、すでに、そういう暮らしだった。

父親がいたのか、いないのか、わからない。

遠い記憶をさぐると、長屋に、病み惚《ほう》けた男が寝ていた図が、かすかに浮かぶのだが、母親と二人暮らしの記憶の方があざやかだ。

浅草の奥山と、向こう両国橋詰を、母親は稼ぎ場にしていた。

一つ所では見物にあきられるから、奥山で一月ほどかせぐと、向こう両国にうつり、また、奥山にもどる、というふうだ。

見物の注文に応じた図柄を、地面に砂で描いていたが、一番得意なのは、見物の似顔絵だった。地面いっぱいに、のびのびと描かれてゆく顔に、「こりゃあ、うめえや」「そっくりだ」などと、声があがるのだった。

まだ歩くのもおぼつかないころは、彼は、腰紐の先を、地蔵かなにかにむすびつけられていた。そうしないと、這いずりまわって描きかけの絵を消してしまうからだ。

放り投げられる鐚銭《びたせん》を、母親の手が、かき集める。

夕陽の中を、母親と手をつないでよちよち歩く子供の姿が、うかぶ。そんな幼いころの情景をおぼえているはずはないのだが、母親から聞かされたことが、自分の記憶のようになっているのだろうか。そのとき買ってもらった飴の甘さまで、舌がおぼえているような気がするのだ。

母親の砂絵に、役者の似顔が多くなったのは、中村座の火縄売りといい仲になって、裏から小屋にもぐりこみ、ちょっと只見をできるようになってからだ。

しかし、それも、彼が七つの年に、終わった。母親が、風邪をこじらせたかして、あっけなく死んだのだ。母親の色だった男の世話で、たまたま口があいていた中売りをさせてもらえることになり、ひとりの食扶持はなんとかなった。子供ひとりはおけぬと長屋をだされたので、小屋に寝泊まりした。

幕間に、細いわたりを身軽に歩いて、弁当や鸚鵡《おうむ》石《せき》と呼ばれるせりふの書抜などを売り歩き、幕が開くと、邪魔にならないところで、見物した。芝居の毒は、知らず知らず、身にしみこんだ。

小屋の裏手では、稲荷町の連中が、よく筋斗《とんぼ》や立ち回りの稽古をしていた。

新米は、両の手首に手拭いをからめ、その端を、左右それぞれ、介添えに持ってもらい、片足をはずみ足、片足を蹴り足にして返るのだが、怖がって返れないもの、からだがねじれて落ちるもの、と、なかなかうまくいかず、しりもちをつき、ころび、そのたびに、馬鹿野郎、と罵声がとび、頭や兄弟子に青竹でなぐられ、痣《あざ》だらけになっていた。

見よう見まねで、かたわらで試してみると、何もむずかしいことはなく、介添えもなしに、できた。あとで思えば、いいかげんな返り方をしたのだが、そのときは、「えらいぞ」「うまい」「これァいい役者になる」口々におだてられ、暇をぬすんでは稽古にはげむようになった。十三か四か、俵蔵に初めて会ったのは、そのころらしい。

弁当よしか、蜜柑よしか、鸚鵡石はよしか、と売り歩く中売りより、筋斗や立ち回りの方が、どれほどおもしろいか知れない。十五、六になるころは、正式に下立役の仲間に入っていた。そうなると、まわりは、初めのころのように愛想よくおだててはくれなくなった。脛《すね》が折れるんじゃないかと思うほど叩かれ、殴られ、蹴とばされもした。

一口に筋斗といっても、返り立ち、三徳、後ろ返り、車返り、手返り、猿返り、死人返り、座り返り、段返り、ギバ返り、八つ捻り、何人もで組んでやる入鹿越し、むかで、獅子落とし……と、かぞえあげれば六十ぐらいは種類がある。もっとも、基本になる何種類かを充分に会得《えとく》すれば、あとはその応用ともいえる。

舞台に立つようになり、この芝居国では珍しくないことだけれど、女に買われるだけではなく、男にも買われ、銭に汚れ、色に汚れた。

「砂絵描きの母親ゆずりというだけにしては、おめえの絵は、本筋に見えるが」

「だれか浅草、浅いとおしゃる」

彼は戯《ざ》れ歌ではぐらかした。

「さこそ深川、深うござる」

「こっちから引導わたして、追ん出てやるわ」

俵蔵は言った。

「江戸の立作者ァ、おれの思案を仕生《しい》かす甲斐性もねえやつらばかりだ。上方に……おれァ行く」

「上方？」

「芝居は、なんといっても、上方のほうが、進んでいら」

「江戸を見捨てるのか」

「いいや、また帰ってくる。上方の芝居を仕入れて、新しい狂言をたててやる。座元が、書いてくださいませと頭ァさげるようなやつをな。いっしょに行くか」

彼はちょっとためらい、それから、首を振った。

俵蔵は、古びた硯箱を彼の手に押しつけた。

「作者部屋のじゃあねえ。おれのだ。気ままに使いな」

大きい手で、彼の背を一つたたき、

「すんなら」

あばえ、とあっさり言って、俵蔵は去った。

夕闇が濃くなって、俵蔵の背中をのみこんだ。

十

世の中が不景気でも、春になれば、桜はあでやかに花ひらき、上野、飛鳥山、御殿山などは、花見の客でにぎわう。隅田堤向島も、享保のころから、花の名所として知られるようになった。

蔦屋重三郎も、花見にくり出した。

京伝や、居候の左五郎、春朗が同席しているのはもちろんだが、この日は、成田屋市川蝦蔵をも招いた。蝦蔵は、花道のつらねの名をもつ、狂歌仲間だ。

柳橋の船宿で屋根船を仕立て、芸者の三味線入りで大川を漕ぎのぼり、吾妻橋の先で堤にのぼると、土手沿いに梅若塚のある木母寺のあたりまで、桜の盛りである。

花の下にならぶ水茶屋の一つに、陣取った。

料理は牛ノ御前に近い料理屋から、何段にも重ねた蒔絵の重箱に、鶉《うずら》の羽盛り、炒り豆腐と銀杏を詰めた鯛のけんちん蒸し、おろし身鱸《すずき》の蒲焼き、更紗《さらさ》海老、伽羅《きゃら》煮《に》牛《ご》蒡《ぼう》、海老しんじょ、雲丹《うに》かまぼこ、長薯《ながいも》羊羹巻、赤貝土佐煮、裏白椎茸、水晶昆布、一塩鱒の切りかさね、梅肉羹、時雨煮鮑《あわび》、慈姑《くわい》のきんとん煮、とこぶし粕煮……と、数十種を盛りあわせたのを運ばせ、芸者が座をにぎわす。成田屋をしきりにもてなしながら、重三郎の気がかりは、歌麿があらわれないことだ。

おまえさんの絵の売行きが上々だからその礼もかねて、と、丁寧に招いたところ、「参上いたします」という返事だったが、このごろ、歌麿は、ときおり重三郎との約束をすっぽかしたり、平気で遅参したりする。

他の版元の席によばれたのではないか、と思った。

重三郎の目から見ても、『歌撰恋之部』で歌麿は、とんでもなく大きく飛躍した。

これまでにない、色気がしたたりこぼれる。色気ばかりではない。深みが生じた。

これまでの第一人者、清長を、確実に、超えた。

版元が、歌麿のまわりにむらがり、接待につとめていることは、重三郎も知っている。

駆け出しのころから手塩にかけた蔦屋は、それだけに遠慮がない。歌麿としては、頭があがらず、気づまりなところがある。他の版元に先生、先生と、たいそうな大家のようにもちあげられるほうが、気分がいいのだろう、と思いはするが、ここまで育て上げて、手放せるものではない。

「綾丸さんは、さしでもあるのだろうか」

成田屋がつぶやいた。

筆綾丸の名で、歌麿も狂歌連に名をつらねている。

「注文がかさなり、花見どころではないのかもしれませんの、喜多川歌麿は」

「歌麿の家に行って、呼んできなさい」

重三郎は、左五郎にいいつけた。

蔦屋の招きを袖にされては、面目にかかわる。

「さしでがましゅうございますが」

と、見なれぬ男がのぞきこんで口をはさんだ。

「歌麿先生でございましたら、あちらにおいでになりますよ」

二十代の半ばか。黄の無地八丈に花色縮緬の裾回し、紅裏をちらりちらりと袖口からのぞかせ、遊治郎《ゆうやろう》をきどっているが、洗いざらしの古着だ。

この男が、最前から、茶屋の前をうろうろし、中をのぞいては、話しかけたそうにしているのに、重三郎は気がついていた。

成田屋がいるというので、見にくる野次馬が絶えない。

「花魁《おいらん》衆が、まことに賑々しゅう、お花見で。歌麿先生と、みなさんが呼んでおいでなので、おお、このお方が、江戸で人気の喜多川歌麿先生と、てまえも、つい、つくづくお顔をながめ……」

「呼んできなさい」

重三郎は、左五郎に命じた。

「内所花見なのだろう。どこの見世か。玉屋、扇屋、兵庫屋、いずれも蔦屋がなじみだ。ご亭主かおかみがいたら、花魁とも、こちらに遊びにおいでなさいと、伝えておくれ」

日ごろ、廓の内にとじこめられている遊女たちが、花の盛り、一日だけ、遊女屋の亭主からおかみ、花魁、禿《かむろ》、新造、遣手から若い衆まで、総出で、花見をするならわしである。

「その玉屋さんでございましたよ。若い衆の印半纏に、たしか、玉屋と」

あちらでございます、と、左五郎にも腰が低く、

「てまえがご案内いたしましょうか」

「おまえさん、上方くだりだろう」

「おや、よくお見抜きで」

「上方者に、江戸の者が道案内されていいものか」

冗談口ではなく、肩肘はって左五郎は言い、ひとりで、出ていった。

用はすんだのに、男は、立ち去ろうとはせず、

「みなさま、お初にお目にかかります。成田屋の旦那に、黄表紙の山東京伝大先生、それに、名だたる版元の耕書堂、蔦屋さん。こうお揃いとうかがって、とても素通りはできず、なんとかお近づきをと、お目見えにまかり出ました。久しく上方におりましたが、私めは、浄瑠璃作者の近松余七ともうします。申しおくれましたが、何と申しましてもお江戸は繁盛の地。働くには、江戸と」

みなにまんべんなく笑顔をおくり、喋りながら、あいまあいまに銚子をとって、酌

をする。人をそらさない愛嬌のある口調であった。

花の下では、目鬘《めかづら》売りだの玩具売りだの飴屋だの、人出をあてこんだ物売りが、声をからして、通行人を呼び止める。

喧騒の間を、いっそう騒がしい三味線や鉦の音が、縫ってまわる。

「はいよ、名物、孔雀太夫の手踊り参上。お気に召したら、千両、万両、やてかんせ」

「おくんなさいやし。おくんなさいやし」

「とらせてやってくださいやし」

花見客の茣蓙《ござ》に、彼はすわりこんだ。

「お盃のおあきはございませんかね」

酒をねだり、あいた猪口《ちょこ》がないので、丼の蓋を手に取り、

「注いでやっておくんなさい」

「それ、一杯だけ飲ませてやるから、さっさと行きな」

うるさいのにからまれては厄介だと、いやな顔をしながら花見客が注いでやるのを一気に飲みほして、

「あい、おかたじけ。ふう、やっと人心地だ」

ふらりと立ち上がる。

仲間は、先に行ってしまった。

ふらふら、歩く。ねだり酒がからだの中の空洞をかけめぐり、足元がおぼつかない。

このごろは慣れて、杖をつかわないでも、足をたくみにかばいながら、走ることも飛ぶこともできる。筋斗を返っても、よろめかず型をきめもする。

「てめえらにァ、見せてやらねえの」

わめいたが、酔っぱらいのくだをまともに相手にする者はいない。

賑やかな花の下を行きながら、彼は、暗闇をひとり歩くような心地だ。

花の天井、花の壁、花の道は、彼には洞窟のようだ。

その向こうに、華やかな光がさして、後光にふちどられた蝦蔵がいる。

「旦那、旦那ァ」

彼はまろび寄った。

酔った目には、そこが水茶屋であることも、連れがいることもうつらず、

「あれさ、旦那ァ、成田屋の旦那ァ」

地べたにひざまずいて、蝦蔵にしなだれかかった。

弟子に突き飛ばされたが、かまわず、

「一杯《いっぺえ》、くんなせえまし」

蝦蔵の飲みさしの盃を、おしいただいて飲み干して、

「身にしみじみと嬉しく酔いんしたわいなあ」

空になった盃に手酌で注いであおり、重箱をのぞきこんだ。

「これァ豪的だァ」

その目が、ふと、春朗にとまった。

「なんだ、なんだ、鉄じゃあねえか」

彼は、くってかかった。

「てめえ、そうか、お絵師のはしくれだっけの。すてきに出世したかして、孔雀長屋を出ていったっけが。いまじゃあ成田屋の取り巻きか。めでたくかしこ、だ」

「まあ、静かにしなはれ。ここで騒いでは悪い。黙んなはれ」

余七が、近づきになった蔦屋らへの忠義立てにとめるのを、

「てめえに言ってるんじゃあねえわ、贅六《ぜえろく》野郎」

彼は、鉄蔵にからんだ。

「へ、だりむくれのべらぼうめ。ついこないだまでァ、壁の穴から頭ァつんだして、味噌貸してくれの、蚊帳ァ流れちまったから、ちょっくら入れてくんねえと、臀《しり》から割り込みの」

「失せろ」

蝦蔵の弟子たちが、蹴飛ばした。

彼は、蝦蔵をみつめた。

蝦蔵は、うるさい物乞いを無視し、芸者の酌を受ける。

「旦那」

つい目と鼻の先にいながら、彼の声はとどかない。

「へい、お邪魔さま」

彼はゆらりと立ち上がった。

左五郎の口上が悪かった。

最初から歌麿を礼儀知らず扱いをし、

「みなさん、お揃いだ。はやく挨拶においでなさい」

頭ごなしに命令した。

歌麿は、玉屋の女たちと狐拳に興じている最中だった。

じゃんけんのような遊びだ。拳、鋏、紙のかわりに、狐と庄屋と猟師を身振りであらわす。

庄屋は狐に化かされ、狐は猟師に鉄砲でうたれ、猟師は庄屋に頭があがらない、という三すくみである。

負けたものは罰盃で、女たちは酔っていた。

歌麿をこの座にひきいれた鶴屋喜右衛門も、かなり酩酊《めいてい》しているが、歌麿は、遊び興じながらも、醒《さ》めていた。

去年の暮、玉衣は、年季が明け、廓《くるわ》をでた。突出しをすませた花里が、玉衣にかわり、玉屋の座敷持ちとしてお職をはっている。

「野暮はいわぬことだ」

鶴喜が、左五郎をたしなめた。

「歌さんはな、蔦屋さんが丸抱えしているわけではない。あちらからも歌さん、こちらからも歌さん。歌さんもそれぞれに義理があります。こちらの用がすんだら、蔦屋さんの方へもまわります。蔦重さんにな、そう伝えておくれ」

「それは、また、安女郎のまわしのようで」

つけつけと左五郎が言ったから、歌麿の顔色がかわった。

その表情をうかがった若い衆が、

「てめえ、なんということ言いやがる」

腕をまくった。

「ま、こんなところで喧嘩もなるまい」

鶴喜がおさえ、左五郎に、

「おまえさん、今の口上は、聞き捨てならんの。蔦屋さんを、ここにお呼び。おまえは蔦屋さんの使い。おまえの口上は、蔦屋さんの口上と思いましょう。歌麿先生を、安女郎のまわしと言いなさったな」

「まあ、よいわ」

歌麿は、冷静な表情にもどった。腹は煮えている。鶴喜にたいしても、怒りをおぼえた。〈歌さんもそれぞれに義理があります〉と言った鶴喜の言葉が気にさわったのである。鶴喜に義理をたてよと、言外にいわれているような気がした。しかも、面とむかっては、先生、先生と、おだてているくせに、他人には、親しさをみせつけるように〈歌さん〉だ。顔色には出さなかった。いずれ、義理がどうのなどと、言えぬようにしてみせる。

「このようなことで騒ぎ立てたら、歌麿の器量が下がる」

歌麿は言った。

「あちらの座敷に行きなさるか」鶴喜が訊くのに、

「いえ、安女郎のまわしとまで言われて、頭をさげに行くのは、歌麿は、いや。ここに流連《いつづけ》としましょうよ」

「花見の流連か」鶴喜は笑ったが、左五郎は、執拗に、

「歌麿さん、いっしょにきてもらいましょう」

と喧嘩腰だ。主命をはたせなくては、面目にかかわる。

歌麿はとりあわず、

「さ、つづけよう」

女たちのほうをむいた。

三味線にあわせ、「よよいのよい」で、両肘をはり、いばった庄屋のかっこうをする。

左五郎は、自分の言い過ぎに気がついても、あやまる気はない。蔦屋から招かれているのに、女郎と遊んでいる歌麿が悪い、理は自分にあると思うから、

「歌麿さん、さあ」

と肩に手をかけた。

「蔦屋さんの手代さん、おまえさん、あやまらなくてはいけないよ」

と、玉屋の亭主が、

「あのような暴言をはかれて、歌麿先生が、こころよく蔦屋さんのところに顔をだすと思うかね。詫びをいれなさい」

「先からの約束をすっぽかしのこなさんに非はあります」

左五郎は言い張った。この偏屈で、これまで、あちらこちらの武家屋敷の奉公先を失ってきている。

たかが女郎屋の亭主、と、左五郎は腹のなかで玉屋をさげすんでいるから、露骨に表情に出る。浮世絵師にも、尊敬の念はもっていない。

若い衆も酒が入って気が短くなっている。

「失せろ、失せろ」

左五郎を小突きまわした。

「やめなさい、これ」

さすがに、亭主は若い衆をとめた。

鶴喜や歌麿と同様、蔦屋も、玉屋にとってはだいじな得意先である。

蔦屋と不仲になるのは、困る。

左五郎との言葉の行き違いがなければ、蔦屋が来ていると知ったら玉屋の方から挨拶に行くところだ。

玉屋の内所花見の前を、鶴屋喜右衛門が通りかかったのが、ことの始まりだった。日頃懇意にしているのだから、「まあ、ちょっと寄っておいきなさい」と、亭主は気軽に声をかけた。

その少し後、歌麿が通りかかったのである。鶴喜、亭主、女たち、みな口々に呼び止め、仲間にひきいれた。蔦屋によばれているとは、知らなかったのだ。歌麿も口にせず、仲間にくわわったのだった。

成田屋の弟子に追い払われ、ふらふらと通りかかった彼は、足をとめた。

女郎屋の内所花見の前だ。

「化けやがった」

彼はつぶやいた。

突出しをすませて、振袖新造から花魁になったのだな、と、彼は察した。化けた、と賛嘆するほど、花里は、大人びた美しさを増していた。内輪だけの内所花見だから、お座敷着ではなく、身頃は枝垂《しだ》れ桜の模様、袖に鹿子《かのこ》の麻の葉をあわせ、黒繻子の襟と、くつろいだ常着だが、貫禄さえでてきていた。

男たちが言い争っているのを、退屈そうに、目を宙にあずけていたのだが、彼に気がつくと、ゆっくりと目を大きくした。

すぐには思い出せず、記憶をさぐっているような表情であった。

彼が髷の簪に手をやると、口もとに微笑がひろがった。

立ち上がって、彼のそばに寄り、手をのばした。

花里の手は、彼の髷にふれ、簪を強く挿しなおした。

香りがふわりと流れた。

女の肌のあたたかみを感じた。

そのとき、若い男が近寄ってきて、

「や、左五郎さん、どうなさいました」

喧騒の席に、愛想のいい声をかけた。

さっき、「騒いでは悪い」と彼をたしなめた男だ。

「なかなかお戻りにならないから、道に迷っていなさるのではと、蔦屋の旦那が案じなさって、手前、お迎えに参じました。これは、みなさま、お初にお目にかかります。手前は、蔦屋さんで戯作修業をいたすことになりました、近松余七ともうす若輩でございます」

人懐っこい笑顔で、地べたにひざまずき、両手をついて頭をさげる。

「おまえ、つい今し方……」

左五郎は、啞然《あぜん》とした。

「鶴屋の旦那さんに歌麿先生でございますね」

と、余七は愛嬌をふりまく。

「あちらのお席では、成田屋さん、京伝先生、蔦屋さん。こちらのお席にまいれば、歌麿先生、鶴屋の旦那さん。はい、上方でも、歌麿先生の美人大首絵を江戸土産に買って帰るものが多うございまして、私も目の法楽をいたしたものでございますよ。鶴屋さん売出しの絵双紙も、上方にずいぶんと出回っておりますよ。皆々様におめもじとは、なんとも、余七、果報者でございます。さすがは、お江戸。たいしたものでございます。鶴屋さんがこちらにおいでとは知らず、左五郎さんが蔦屋さんの使いに参じたのでございますが、まあ、こちらさまもお楽しみのところを、すぐにお越しをねがうのは、これは手前が得手勝手。ではございまするが、いかがなものでございましょう、浪花の花をよそにして、引かれ廓は江戸の花、東海道の宿場をかさね、五十三次長道中、まかりこしたる余七に免じ、皆々様、お神輿《みこし》をおあげになってはくださりませぬか。鶴屋さんまでごいっしょに、おはこびくださったなれば、成田屋さんも京伝先生も、さぞかし、お喜び。お越しくださいますか。ありがとうございます。歌麿先生、お草履はこれでございますか。鶴屋の旦那さんのは、これかしらん」

愛嬌こぼれる笑顔で、男物の草履を手早くなおし、

「さ、いざまず」

調子よく、歌麿の手をとらんばかりにして立ち上がらせ、かがみこんで、足に草履をはかせた。

「さ、どうぞ、鶴屋の旦那さん。玉屋さんのみなさんも、あちらへ、あちらへ。ご亭主さんもおかみさんも、花魁衆、ご新造、若い衆さんも、さ、さ」

あっけにとられていた左五郎が、先達は自分とばかり先に立つ。

若い衆が花里に近寄って、

「花魁」と、うながした。

座を立って歩いてゆく一行に、花里もくわわった。

彼を見返りもせず、遠ざかる。

余七と名乗った男は、しんがりについたが、左五郎を先頭にみなが歩きだすと、ふと立ち止まり、喋りまくっていたときとは別人のような、淋しいような翳りを表情にただよわせ、目を宙にあずけた。

彼が歩み寄ると、翳りのある目をそのまま向け、それから、すぐに、愛嬌のある顔をつくった。

「おまえさんも、どうぞ。おや、おまえは、さっきの……。お菰さんかい」

「芸人だ」彼は言った。

「あの花魁の間夫かえ」

彼が返事をためらうと、

「あれァ、いけねえよ」余七は言った。「驕《おご》っているよ。おまえをもてあそんで楽しんでいる顔だった」

「あれだけ喋りながら、こっちの様子まで見ていたのか」

彼はあきれた。

花里の驕りに、彼も気づかなかったわけではない。

一途《いちず》に抱きついてきた振袖新造のときとは、ちがっていた。大尽客にちやほやされ、いつまでも初《うぶ》ではいられまい。

ほどこしものでもするように、微笑を与えた。

女郎の笑顔を真に受けて、のぼせあがるほど物知らずじゃあねえわ。

そう思う心の隅に、

——おれに見せた笑顔は、真実だ。

と思いたい自惚れもある。

「縁があったら、またな」

余七は、愛想よく言い、突き袖で、ひょいひょいと踊るような身振りで、去ろうとする。

「おまえさん、上方だってな。芝居は見るかい」

彼はひきとめてたずねた。

「なぶっておくんなんすな」

と、余七は廓言葉をまねた。

「これでも浄瑠璃作者のはしくれだ。芝居は見るかい、とは、あんまりな」

「狂言作者の、俵蔵という男が、上方に行っているんだが」

「おまえの知り合いかい」

「そうだ」

彼が言うと、余七は、ちょっと間の悪い顔をして、

「かけちがって、いまだ見参《げんざん》つかまつらず」

笑いにまぎらせ、小走りに、みなの後を追った。

見送る彼の背後に、

「おめえも、だらしがねえ」おかんが立っていた。

「あいつが、簪の主か」遠ざかる花里をさし、

「花魁の間夫てェ柄かよ」

「うるせえや」

淋しさと浮き浮きした気分がいりまじって、彼は、思いきり足を蹴り、筋斗を返った。

しくじって、しりもちをついた。

肩に花びらが散りかかった。

十一

神田明神の祭りも終わると、朝夕肌寒くなる。

秋時雨が、家並を濡らして過ぎる。

秋は、彫師摺師の一番いそがしい時期だ。

錦絵新版の売出しは、正月が一番多い。それにそなえて、暮までに摺り終えねばならない。

重三郎は、歌麿の版下絵が上がり次第すぐに仕事にかかるよう、彫駒のところの浅吉や、摺師の栄松堂藤右衛門に頼んでおいた。

しかし、歌麿の住まいに、なんど催促の使いをやっても、留守ばかりで埒《らち》があかない。

秋半ばともなれば、とうに、彫りも摺りも仕事にとりかかっていなくては正月に間に合わないというのに、歌麿からは一枚の版下絵もとどかなかった。

重三郎がじきじきに歌麿の住まいに出向いた。上野忍ケ岡の長屋から、神田弁慶橋の小体《こてい》ではあるが気のきいたしもたやに、歌麿は居をうつしている。

あいかわらず、留守であった。留守番の老婆が、「また北州でございましょうよ」と、黒光りのする歯をみせて、目交《めま》ぜしながら、笑った。

廓まで出向いて呼び立てるのも、あまりに野暮だ。

「帰ってきたら、すぐに、うちにくるように言っておくれ」

懐紙に心づけをつつんで老婆にわたした。

見世にもどる前に、その足で、栄松堂に寄った。ちょうど、通り道だ。

勝手を知った仕事場だから、案内も乞わず、入った。

小屏風をたてまわし、風をふせいだ仕事場は、丹、紅、藍、草色、紫、鬱金《うこん》、墨、さまざまな色の小皿がならび、華やかだ。

ほのかに、酸っぱいにおいがただよう。紅を溶くのに、栄松堂の秘伝があった。皮をむいて干し上げた生梅をたくわえてある。その一片に水をたらし、小半日おいて滲み出た酸液で、紅を溶くのである。このおかげで、栄松堂の錦絵は、紅の色がことのほか鮮やかだ。ただの水で溶いたのでは、この色はでない。他の摺師もまねているが、干し梅の作り具合や、浸す水の量や時間に微妙なこつがあるようだ。

小僧たちは、膠《にかわ》に明礬《みょうばん》をまぜた礬水《どうさ》を、大刷毛で紙にひいたり、揃えた紙の二、三十枚ごとに、濡れた紙をはさみ、湿りをあたえたりしている。

熟練した職人たちは、右手の刷毛で版木に絵の具を塗る、紙を版木にのせる、馬連《ばれん》で摺る、左手で紙をめくり、座の左に置く、この一連の作業を、寸分の乱れもなく、手早くやってのけている。右手と左手が、優雅に鮮やかに、交互に動く。

重三郎は、何にかぎらず、腕のいい職人の仕事ぶりを見るのが好きでならない。一種、陶酔感をもたらしさえする。

だれも、寝不足らしく瞼がはれぼったい。ことに、見習いの小僧は、夜中に起きて、積み重ねてある摺りかけの紙に風をとおさなくてはならないから、寝不足で、礬水をひきながら居眠りしている者もいる。風をとおすのは、絵具の腐れをふせぐためである。

朝晩は火がほしくなる季節だが、馬連で摺る職人は、額から顎まで、汗をしたたらせていた。

流れ落ちる汗を見かねて、重三郎は手拭いでおさえてやった。

「あ、蔦屋さん」

馬連の手をとめて、職人は会釈した。栄松堂では頭分の男だ。

なにげなく、手元の絵に目を落として、重三郎の顔色がかわった。

「竹さん、これは、どこの仕事だ」

「鶴喜さんで」

「歌麿じゃないか」

立膝の女が合わせ鏡をつかっている図柄である。

女は襟足をみせた後ろ姿だが、手鏡に顔がうつっている。

まだ落款ははいっていないが、一目で分かった。

「へえ」

「竹さん、これは、どういうことなのだい。歌麿の版下が、わたしの手元を通り抜けて……」

「わっちらァ、親方に言われた仕事をするだけで。すんません。急ぎの仕事がたてこんでいやすんでね」

「冗談にもほどがある。おまえさんでは、話がわからぬ。親方を呼んでおくれ」

「いま、ちっと、出かけていまして」

竹は、刷毛を紅皿にひたした。仕事の手順を狂わせられ、不機嫌な顔だ。

「いつ帰る」

かかわっている暇はないというふうに、だれも返事をしなかった。

栄松堂を責めてもしかたない。摺師としては、注文に応えるだけだ。鶴喜の仕事も、いつも引き受けている。

しかし、鶴喜さんから歌麿の仕事がきたと、一言、つたえてくれてもよいものを。

鶴喜に口止めされたか。

蔦屋に知れたら、横槍が入る。とにかく、売り出してしまえば勝ち、ということか。

ここで、職人を相手に騒ぎ立てても、埒《らち》もない。不義理なことをしでかしたのは、歌麿だ。

翌日、重三郎は、歌麿のところに使いをやった。

あいかわらず吉原にいつづけているというなら、妓楼までおしかけて、連れてこい。

そう命じた。

この日は、歌麿は、在宅していた。

使いとともにやってきて、悪びれたふうもなく、蔦屋の奥座敷にとおった。

人気があがり、世間にもてはやされると、どことなく風格さえでてくる、と、重三郎は思った。

「勇さん、これは、どういう了見だ」

栄松堂から持ち帰った一枚が、畳の上にある。

重三郎は、煙管の先を、その絵につきつけた。

ちらと目を投げた歌麿は、

「そう、気を昂《たかぶ》らせちゃあ、また、卒中が起きます」

口元に薄い笑いを浮かべた。

「気ィ鎮めて、お聞きなせえよ」子供をなだめるような苦笑まじりの口調で、「世間様にもてはやされる歌麿が美人画には、なみなみならぬ元手がかかっておりますよ」

「わたしがそれを知らぬとでも」

こみあげる怒りに、重三郎は声がふるえた。

雲母《きら》摺《ずり》はもとより、紅も惜しまず用いさせている。紅花のはなびらを絞ってつくる細工紅は、たいそう高価なので、摺師は、大切にしている。濃い紅を擦り出すのに、薄く溶いた液を二度、三度と重ねる。摺る手間よりも、紅のほうが惜しいのだ。重三郎は紅の代金は充分にはらった。さらに、細工紅で刷り上げた上から化粧用の小町紅をかけるという、特殊で値もはる方法も、栄松堂にやらせている。版元が代金をはらってくれさえすれば、摺師としては、手のこんだ、それだけに仕上がりの美しい手法は、やりがいがある。

「いえ、彫りや摺りのことじゃあごぜえせん」

歌麿のゆとりのある含み笑いが、いっそう、重三郎をかっとさせる。

「蔦屋さんには、遊ばなくては描けぬのか、とお叱りをうけましたが、歌麿、未熟者でごぜえやして、肌を知らねえでは、女は描けやせん」

言葉はへりくだっているが、傲然と顎を上げた。

「色は思案の帆掛け舟。煙管の雨も、ただじゃあ降らぬ道理。その揚げ代をこころよく、払ってくれた版元さんに、そむくわけにはめえりやせんのさ。よそさんで肩代わりしてくれた揚げ代のおかげで描いた数々を、蔦屋さんから売り出すとあっちゃあ、それじゃあ世間がとおりやせんよ」

はなじろんで、すぐには反撃の言葉がでない重三郎に、歌麿は、なおも平然と、

「歌麿の画才にまず目をつけてくれなすったのは、蔦屋さん。ようく、御恩はわきまえておりやす。それゆえ、美人大首絵の思案、まず、蔦屋さんから売り出しやした。あれから数えてあしかけ三年。歌麿の版元は、ほとんど、蔦屋さん。ずいぶんと、ご内緒も助かったんじゃござえやせんか。もはや、蔦屋さんへの義理はすんだはず。今年描きました版下絵は、よそさんにまわしやす、と、すじのとおった話じゃあござんせんか」

「えらくなったものだの」

「蔦屋さんの言いたいことは先刻承知。歌麿の初の大首絵の雲母摺に、たいそうな金をかけたところに、店も身上も半減のお仕置。歌麿の遊興の代金たてかえるゆとりはなかった、と」

重三郎と歌麿の話し声は、左五郎、春朗、余七、三人の居候の部屋まで聞こえた。

余七は、十返舎一九《じっぺんしゃいっく》と筆名を変えた。

一九が同居するようになって、左五郎と春朗の悶着は、少し減った。

一九はとりなすわけではない。二人が口論、喧嘩をはじめると、まるで観察するように、興味深げに眺めているので、なんとなくしらけてしまうのである。

春朗が散らかすのを、一九がさりげなく片づけるので、左五郎が癇癪を起こさないですむということもある。

一九は、京伝の滑稽本『初役金烏帽子魚』につける挿絵を描いている。黄表紙の習作を書きながら、絵も器用にこなす。

左五郎と春朗も、それぞれ、筆と絵筆を動かしている。

筆をとめ、一九は襖を開けて、座敷の声がとおるようにした。

「閉めなさい。盗み聞きなど、せぬものだ」

左五郎が、眉をよせる。

「耳をそばだて、目を開いておらなんだら、黄表紙は書けませんよ」

一九は、のんびりした口調で言い返す。

春朗がのびをし、そのはずみに、机の上に積み重ねた紙をはねとばした。隣の左五郎の机に落ちた。

左五郎は、憤然と、はらいのける。

「粗末にあつかいなさんな」と、春朗が、「左五、おまえの草稿だよ。『花春虱道行《はなのはるしらみのみちゆき》』。この益体《やくてえ》もねえ話に、絵を描かなくちゃあならねえおれの情けなさ」

がつっという音が、座敷からひびいた。

一九は、煙管を灰吹にたたきつける仕草を、二人にしてみせた。

「鶴喜に、金で買われたか」

重三郎の怒声がつづいた。

「安女郎のまわしでございますからね」

皮肉をこめた、歌麿の声だ。

「左五さん、おまえさんの雑言《ぞうごん》、歌麿大先生は、だいぶ根に持っていなさるな」

一九はささやいた。

「おれが、何を」

左五郎は、自分の失言を忘れている。

「〈安女郎のまわし〉さ」

「おれが、いつ……。ああ、花見のときか。あれァ、半年の余も前のことだ。ずいぶんと執念深いお人だ」

「執念深いのは、おまえもひけをとるまいが」

からかう春朗を、顔を赤くして睨《ね》めつけ、左五郎が言い返そうとするのを、

「しっ」

一九が口に指をたててとめ、座敷からの声に耳をすました。

「おまえさまは、恩義の鎖で、いまだに縛ろうとなさるのか」

「金《かね》の鎖で、鶴屋に縛られたか」

「失せろ！」

思わずどなりつけ、重三郎は、後悔した。

いま、歌麿を手放したら、蔦屋の見世がたちゆかぬ。

「来いと言いなさるゆえ、まいりました。今度は、失せろと言いなさるか。ずいぶんと、身勝手な」

襟元をなおし、歌麿はすいと立ち上がった。

十二

中村座が、たいした仕掛けをするそうだと、評判になったのは、翌寛政五年の三月狂言が千秋楽をおさめた後である。鶴屋や近江屋から売り出された歌麿の美人画は、いっそう人気を高めている。

「ぶんまわしをつくるというぜ」

「ぶんまわしなら、去年の顔見世にも、市村座でやって、まるきり不入りだったじゃあねえか」

「上方の回り舞台をそのまま、江戸にうつすそうな」

こういう噂には興味をもつ蔦屋重三郎は、上方で浄瑠璃を書いていたという一九に、

「上方の回り舞台というのは、江戸のぶんまわしと、どう違うのだえ」

「それァ、旦那、まるで、大違いでさ」

一九は、短いあいだに、すっかり江戸言葉になじんでいた。

「江戸のァ、あれァ、小さい置き舞台を黒衣が四、五人がかりでまわすだけですが、上方では、舞台の真ん中をくりぬいて、板をはめて、奈落で回すから、黒衣はいらない。置き舞台とはくらべものにならない大仕掛けができます」

「それでは、舞台をつくりかえなくてはならぬの。座元も、思いきったことをする。若いのに感心だ」

「不入りつづきですから、思案したのでしょうね」

「評判になるな」

　重三郎はうなずいた。

不景気ななかで、逆に大きい新しい仕掛けに金をかけ、人気をよぼうという中村座の座元の考えが、重三郎は、気にいった。

「しかし、たいそうなかかりだろうな」

　新乗物町に住む中村座の座元、中村勘三郎を、重三郎は、たずねた。

　もともと芝居好きで、春朗に芝居絵を描かせ売り出したこともあるくらいだから、勘三郎とも親しい。

　二十七歳の勘三郎は、八代目勘三郎の養子で、三代目伝九郎を名乗る役者だったが、六年前、十一代目勘三郎を襲名し、座元をひきついだ。

「なんとか景気をつけないと、このままでは、二丁町の火が消えてしまいますからねえ」

勘三郎は、襟に顎を埋めた。

もと役者だけあって、なにげない仕草にも艶がある。役者だったときの習いが残っているのか、引き眉毛だ。

「三月は、入りが薄かったねえ」

年若な勘三郎に、重三郎は、伯父のような口調になる。

「どうにもならなくて、早々に打切りました」

「上方のぶんまわしというのは、どういう仕掛けなのだい」

「わたしには、仕組みはよくわからない。長谷川にきいてください」

大道具を一手にひきうけている長谷川勘兵衛の名を、勘三郎はあげ、

「一昨年の顔見世に、上方にのぼった紀の国屋が、去年の秋に江戸に戻ってきたのは知っていなさるでしょう」

江戸では十一月、上方では十二月に初日をだす顔見世は、その後の一年間の役者の座組を披露する大切な興行で、どれほど不景気だろうと、できるかぎり、華々しく賑やかに小屋を開けなくてはならない。

「上方で、紀の国屋は、たいそうなしくじりをしたと聞いたが」

「地獄耳ですね。軍師は、並木五瓶《ごへい》」

立作者の並木五瓶の思案で、紀の国屋の屋号にちなみ、紀州大納言の大名行列をまね、豪勢な行列を仕立てた。座の役者だけでは足りず、表方から茶屋の若い衆までかり集め、その上、本物の馬を二頭だした。ところが、馬が舞台で放尿し、もう一頭は興奮してあばれだし、与力同心が出張るほどの大騒ぎになった。

「せっかくの思案だったが、おかげで、花桐座は謹慎して三日間、小屋を閉めたそうです」

「生きた馬は、いけないね」

「生きものは、なにをしでかすか、わかりませんからね」

「客足を呼ぶのに、上方も江戸も、苦労なことだ」

「その紀の国屋の上方土産が、回り舞台の工夫でね。紀の国屋の弟子の十吉というのが、大道具方にまじって働いて、工夫を盗んできました。このところ、長谷川が、図面をひいて思案しています」

「ずいぶんな物入りになるだろうな」

「はい、そりゃあね」

小さい吐息とともに、それでもやるのだという負けん気を、勘三郎は眉宇《びう》に見せた。

「見物の入りが悪いからと、仕込みにかける銭を控えたのでは、ますます、芝居がみすぼらしくなる。みすぼらしい芝居じゃあ、客もこない」

「そうだ。景気をつけて、客を呼ばなくてはな」

「金策に頭をいためています」

「金主はついているのかい」

「蔦屋さん、一口のってくれませんか。上方仕込みの大からくり。秋の顔見世までに間に合わせます。今年の顔見世は、大入りまちがいなし」

芝居に出資するどころか、蔦屋自身、借金をかかえている身だ。

「金は出せないが、大仕掛けのひろめになることなら、できるだけの手助けはしますよ。芝居の火が消えたら、江戸は闇だ」

「よろしくお頼みもうしますよ」

「舞台の大仕掛けに負けぬ、ひろめの手立てを考えますよ」

重三郎は、烟草をたてつづけに、二、三服した。

「わたしは、地本屋だ。わたしにできるのは、芝居絵本をだすか、役者絵を売り出して、人気をあおることだが……」

「役者絵も、芝居絵本も、いままでにずいぶんと売り出されていますが……」

それによって小屋の入りがよくなったということはなかった。

「世間様の話の種になるような芝居絵を……」

「春章さんは去年の暮に亡くなったし、春英さんや春好さんがいくつか出したが、かくべつ……」

勘三郎は、あまり効果は期待できないという顔で、それでも、藁にでもすがりたいところなのだろう、「よろしくおねがいします」深々と頭をさげた。

舞台を改造するということで、中村座はしばらく興行をやすんだ。

大道具師長谷川の幟《のぼり》が立ち、普請中であることを示していたが、じきに、職人はこなくなり、幟もとりはずされた。

座元の金繰りがつかず、長谷川への支払いができないので、普請もつづけられないありさまだと、重三郎の耳にも入った。

　この年の七月、松平定信は老中職を退いた。

奢侈禁令が少しはゆるむかと、芝居町も地本問屋も期待したのだが、幕府は、倹約令をさらに十年、つづけると布令をだした。

秋、中村勘三郎は、数十万両にもおよぶ借財を、どうにもまかないきれず、休座し、そのあいだの興行を、都伝内なるものにまかせる許可を、幕府に願いでた。

江戸の芝居は、中村座、市村座、森田座の三座だけが、櫓元《やぐらもと》として、櫓をあげて興行することを公にゆるされている。あがりの一部を、櫓銭として幕府におさめるのである。

　都伝内は、江戸開府のころ大坂から下ってきて芝居興行をした者の末で、櫓名題の株をもっていると言い、父親の代から、芝居興行の許可を願い出ていた。以前、木挽町の森田座が休座したとき、先代の伝内と、桐大蔵、河原崎権之助の三人が、代わりに興行することを希望し、籤引で、河原崎にきまった。それ以来、木挽町は、控えの河原崎座が興行している。

　このたびこそは、ぜひ、と、伝内は切望し、都座は、中村座の控え櫓として、むこう五年間にかぎり、興行をゆるされることになった。

　中村勘三郎は、住まいの地代もとどこおり、深川八《や》名《な》川《がわ》町に移った。

　経営不能は、中村座ばかりではなかった。

　同じ芝居町の市村座も、やはり莫大な借財を背負い、控えの桐大蔵に櫓をわたした。江戸の三座の本櫓が、すべて、興行ができず、控え櫓になったのであった。

「とんぼさん、聞いたかい」

　稼ぎにでようと、おかんの住まいに集まってきた仲間が、言った。

　木枯らしが冷たい。

路地は薄霜が溶けてぬかるんでいる。

女たちの素足の指のあかぎれに、泥がつまっていた。

「何を」

「都座が、十一月の顔見世に、回り舞台とかいうのを、やるんだってよ」

「今日は十月の二十五日」

と、女のひとりは指でかぞえ、

「じきに初日だねえ」

「切り落としにもぐりこんで、見たいものだな」

「とんぼさん、おまえ、顔がきくのだろう」

口々に言うのを、

「知るか」

彼はつっけんどんに突き放した。

お菰とつきあっているうちに、根性がいやしくなったのだろう。

二度と、小屋に足踏み入れるな。こんどきやがったら、簀子《すのこ》巻きだぞ。

耳に残る狂言方らの雑言が、よみがえるたびに、からだが熱くなる。

くそ、お菰の根性の、どこがいやしいよ。てめえらよりァよっぽど腹ァきれえだ。

二丁町ァ、こっちから縁切りだ。

「行くぜ」

「強がって。小屋がみれんでならねえくせに」

おかんが笑った。

壁ぎわの袖屏風に、おかんの目は、ちらと動く。

「てめえの下手くそな絵でも、屏風の破れふさぎにァ役にたつの」

彼は、屏風におかんが貼った絵を、引きはがした。

「なにを、つむじを曲げているんだよ。役にたつとほめてやったものを」

丸めて、土間に放り投げた。

「焚つけにしろというのかよ」

おかんはまたからかう。

「うるせえやい」

音締《ねじめ》をまいて絃の調子をあわせ、おかんは、撥《ばち》をあてた。

「はいよ、名物、孔雀太夫の手踊り参上」

「はあ、やてかんせ」

橘町から千鳥橋をわたり、川沿いに土手を下り、富沢町から西に折れ、古着屋が店をならべる長谷川町の大門通りと、先に立つおかんは、道をとる。

このまま行けば、芝居町だ。

いくら強がりを言っても彼が気にかけているのを、おかんは、わかっているのだろう。前を通るから、ようすをみたらいいと、それとなく気を利かせている。おかんの心配りが嬉しいけれど、腹をみすかされて癪にもさわる。

人通りは少なかった。

控え櫓の都座、桐座、両方とも、まだ口上看板をだしただけで、小屋はしまっている。

茶屋も戸をとざし、寒々しい。

「こんなときに芝居町にきたって、だれもいやしねえぜ」

と、文句を言いながら、顔見世の初日が開く日の賑わいを、彼は思った。

——おれの知ったこっちゃあねえわ。

「半鐘だ」

火事を知らせる早鐘の音が、かすかに聞こえる。

「火元ァ、どこだ」

「姐さん、空が」

北の方角の空が、煙のためだろう、日暮れのようにどす黒い。

「なんだ、まだ、遠いや」

「この風だ。また、一なめかもしれない」

「こっちゃ、何も焼けて困るものァねえわな」

「そういったものでもない。長屋が焼けたら、塒《ねぐら》がなくなる」

「米があがるな」

のんびり話していたが、けたたましい半鐘の音が、たちまち、近くなった。火の手が、みるみる広がっているのだ。

「見に行こうぜ」

と、方角を変えた。

歩きながら、おかんが撥をいれ、

「一に瓦《いらか》をふみやぶり、
二に西風強くして」

と、宝暦の大火以来唄われるようになった数え唄をくちずさむと、女たちが声をあわせた。

「三に先は築地まで、
四つ依田は乗りまわし、
五つ出雲は大騒ぎ、
六つ六ツから焼け出して」

湧いた黒雲は、たちまち空をおおい、半鐘は、撞木《しゅもく》で鐘の内をかきまわすような絶え間ない音になった。
「七つなむさん、堀田殿」
と、彼も唄う。大声をだして唄うと、気分がすっきりする。
「八つ屋敷は火消しにて、
九つ小くらは皆焼けた」
屋敷を焼き払われた大名旗本の名を読み込んだ戯《ざ》れ唄だから、役人の手先の耳に入ると危ない。
「十でとっくと夜が明けた」
風は小石土砂を吹きたて、土煙と火煙が視野をおおい始める。
「折も折かよ、大風嵐」
おかんが、流行り唄の音頭をとる。女たちの声の底を、彼の声が縫う。火事を織りこんだ戯れ唄は多い。
「のぼる煙に、空ァ色みえず、
焼ける音さえ、天地にひびき、
火の粉ばらばら本郷辺に、
ここやかしこに飛火がいたし、
焼ける火の下、家《や》数《かず》も知れず、

湯島神田は風下なれば、
我も我もと荷物を出し、
風を見合せ、皆逃げ走る」
歌いながら行く後ろから、
「どけ、どけ」
纏《まとい》をかつぎ鳶口をかざした町火消しの群れが、火事場に乗り込んでいく。
「花のお江戸のその町火消し」
と、おかんたちは、火消しの背に唄を贈る。
「四十八組、皆出をかけて、
命がけなる火がかりなれば、
威勢一番、火先にかかり、
名にも誉れのあの消し札よ
……」
「風はますます葺屋町なれば、親父橋さえあきれた火事よ」
二階の手すりから身を乗り出して火事見物の春朗は、胴間声で唄う。
「もはや江戸橋、もうあらめ橋、日本橋さえ焼け落ちまする、音のひびくは、あの鉄砲洲、佃島へと飛火をいたし」

「不謹慎だ」

左五郎が下から声をかけた。

「はやく、荷をはこびだしなさい。ついそこまで、火がせまっている」

「これを焼いては己にすまぬ」

とまだ鼻唄で、春朗は階下の部屋にもどり、描きかけの版下絵をそろえた。

左五郎は縄をかけた行李を背負い、

「先に行くぞ」

走り出ていく。

「版木を焼くな」

重三郎が声をからし、指図する。

「版木に水をかけろ。水をかけて蔵に入れろ。家財は焼けてもよい。版木は焼くな。運び入れたら、蔵の扉に目土を塗れ」

火元は湯島雲州侯の上屋敷であった。烈風にあおられた火の粉は、火除地を飛び越え、神田から日本橋一帯を焼いた。

通油町は、焼け残ったが、二丁町の都座、桐座は全焼した。

火が鎮まると、焼け跡に、さっそく、仮普請がはじまる。

材木の値が高騰した。

それでも、芝居町は、顔見世の初日は、なんとしてもあけたい。

仮普請を強行した。

回り舞台どころではない。

わずか二十日足らずで仕上げた急拵《ごしら》えの粗末な小屋で、どうにか、初日が開いた。

十三

「これでは、おまえ、春英にも、春好にも、及びもつかない」

数枚の下絵を、重三郎は、放り出すように、畳においた。

火事はまぬがれたものの、火消しの水をかぶって、畳も襖も使いものにならず、取り替えたから、かなりな出銭だった。

持ち出して、また運び入れた荷物の始末に、奉公人たちは大わらわだ。

それでも、焼け出されることを思えば、強運だ。内神田から日本橋南は丸焼けだが、風の具合で、東は通旅籠《とおりはたご》町のあたりで延焼は止まったのだった。

新しい畳のにおいに、火事後の燻《いぶ》ったにおいもまじっている。

春朗の顔が、こわばった。

六代目団十郎の〈諏訪五郎〉、粂三郎の〈白拍子梅ヶ枝〉、菊之丞の〈山吹〉、龍蔵の〈越中ノ次郎兵衛〉。

都座に出勤している役者の似顔を春朗が描いた大首絵であった。

二枚の版下絵を、重三郎は、棚からとって、春朗の絵にならべた。

「春英さんの作だ。これから、彫りにまわす」

一枚は、市川高麗《こま》蔵《ぞう》、坂田半五郎、中山富三郎。もう一枚は、岩井半四郎、市川男《お》女《め》蔵《ぞう》、大谷鬼次。それぞれ、三人の顔を一枚の画面におさめた大判の版下絵である。

「おまえさん、やはり、兄弟子を越えることはかなわなんだの」

春朗は、破門になって、いまは、どの師にもついていないが、春英、春好と同じく、勝川春章の門下だった。

「師匠や兄弟子の筆法をまねるだけなら、絵師も楽なものだ。勝川派にない、新しい絵が、わたしは欲しかった。おまえさんなら、と目をつけたのだが」

中村座がつぶれ、控え櫓の都座は火事で焼失、と、御難つづきだ。

回り舞台を使うつもりだったのがだめになり、粗末な仮小屋でできる狂言に、急遽《きゅうきょ》さし替えられ、初日ぎりぎりになって正本ができあがるという状態だった。

それでも、力強い、清新な筆致の役者大首絵を売り出したら、評判がたつだろう。芝居の人気と相乗効果をあげると、重三郎は期待したのだった。

「歌麿は、だれのまねでもない、歌麿の女をつくりだしたよ」

重三郎は、ほめたくはない男を、ほめた。

美人画なら清長。だれもがそう認めていた。歌麿も、はじめは、清長の影響のもとにあったが、大首絵が成功してこのかた、歌麿の描く美女は、

「清長を超えた。おまえさんにも、春朗でなくては描けぬ役者絵を描いてほしかったのだ」

春朗は、自作をしまいこみ、立ち上がった。巨軀に怒りと屈辱がにじみでた。

「おれの絵が、人まねだと言いなさったな。おぼえておきましょう」

足音荒く、春朗は座敷をとびだした。

重三郎は庭に目をあずけ、

「雪だ」

次の間にひかえているさとに声を投げた。

「初雪でございますね」

「ちょっと、ここにきて、指をもんでおくれ」

「しびれなさいますか」

さとは、にじり寄った。

みよには、お盆で故郷に帰るというのをしおに、暇をやった。妾をおくゆとりがなくなっていた。自分の楽しみにかける金は、あとまわしにしなくてはならない。

「おみよさんがいないと」

彼の心の中を読んだように、さとは口にした。

「なんだか、淋《さみ》しゅうござんすねえ」

雪解けで、それでなくても足元の悪い道が、溝泥《どぶどろ》のようだ。

差配が、鳴子板をかたかたいわせ、老いた腰をかがめて店賃《たなちん》を取り立ててまわるのを、洗い髪に横櫛、緋の色が褪せた長襦袢の上に袖無し羽織、すりきれて綿がはみだしているという装束のおかんは、懐手にくわえ楊枝、土間の柱にもたれて眺める。

店賃は日銭だ。

「はい、ごめんよ」一軒一軒、油障子を引きあけて土間をのぞきこんでは、「はい、三日分だよ」「はい、おまえのところはこれで、十日溜まっているよ。今日は、まとめてはらっておくれ」「はい、はい、おまえのところは感心だ。溜めこまねえで、毎日、律儀《りちぎ》だ」

　銭を受け取ると、鳴子板に下がった名札を引っくり返す。

「おかんさん、三十と七日分だよ」

「無《ね》えものァ、無えの」

　懐手のまま、おかんは、ぶっきらぼうにつきはなした。

「溜めるほど、払いがきつくなるだろうに。頭分のおまえがきちんと払ってくれなくては、仲間のしめしがつかぬだろうが。律儀に払ってくれるものもいるというのに」

「お菰から銭ィ奪《ば》いとろうたァ、ふてえ了見だ」

「おまえ、日頃は、芸人だと、言っているじゃあないか。都合のいいときだけ、お菰だと言う。お菰ならお菰らしく、橋の下で暮らさっし。屋根のある家で暮らすのなら、それ相応の出銭を惜しんじゃあならねえ」

「へ、死にざかりのごうつくめ。これが、屋根のある家か。ごみためじゃねえか。馬小屋の方がよっぽどましだ。おれっちが住んでやっているから、曲がりなりにも大家は店賃が入るのだ。ありがたく思いな」

　うそぶいたおかんの目に、風呂敷包みを担《かつ》いでやってくるたくましい男がうつった。

「こう、鉄、どうした」

　春朗は、隣に目を投げて、

「まだ、ふさがっちゃあいめえな」

「なんだなあ、鉄蔵さん。まさかおまえ、また舞い戻りじゃああるまいの」

うんざりしたように言う差配に、

「空き店をふさいでやるのだ。ありがてえだろう」

春朗は言い返した。

「やはり、孔雀長屋がいいか」

おかんは、にっこりする。

「入るのなら、きちんと請人《うけにん》をたててな」

差配が言うのに、春朗は生返事だ。

「そんなら、おかんさん、明日は払ってくださいよ。溜めるほど、払いがきつくなるよ」

ぶつくさ言いながら立ち去りかけてつまずいた。鳴子の名札がめちゃめちゃになった。

手拭いで裾の泥をぬぐい、差配が去った後、

「ちょっくら」

と、春朗はおかんの住まいの土間に入り込んだ。

「うう、つべてえ。なんだ、火がねえわ」

「いま、おこしてやるよ」

おかんは、竈《へっつい》の燠火《おきび》をかきたてる。

「どこだ？」

親指をたてて、春朗は、訊いた。

「いりびたりさ」

骰子《さいころ》をふる手つきで、おかんはこたえ、反故《ほご》をひねって、次々に火にくべる。

その一枚が、全体に薄墨をかけたような色合いで、ふと目にとまった。春朗の目は釘付けになった。

おかんの手からとりあげ、ひろげて眺める目に、熱がこもった。

「だれが、描いた」

「とんぼさ」

おかんは、顎をしゃくった。

部屋の隅に、硯箱がある。

「だれだか、上方に行く芝居者にもらったやつさ。くれるなら、まちっとましなものがあったろうによ」

「とんぼァ、絵師だったのか」

とんでもない冗談をきいたというふうに、おかんは笑った。

「勝川派だな」

春朗の言葉に、おかんは、いっそうからだを曲げて笑い、

「ごたいそうだな」

「もらうぜ」

「硯箱かい。高いよ」

「いや、これだ」

手にした紙の皺を、春朗はのばした。

「只でかい」

おかんは、手のひらを突き出した。


春朗の手が、ばしっと、畳をたたいた。

皺だらけの絵を、たたきつけるように、ひろげたのだ。

重三郎は、あっけにとられ、春朗を見、その目を下にむけた。

無言のときがつづいた。

重三郎の眼は、かがやきを帯びた。

昂《たかぶ》りをおさえ、「勝川派だの」さりげなく、重三郎は言った。

春朗が持参した皺だらけの絵は、成田屋市川蝦蔵の、助六の大首絵であった。

闊達な筆が描き出した助六は、全身から発光しているように力強い。余白に薄墨をかけ、その中から、闇をかきわけて出現した巨大な日輪のような、蝦蔵だ。

挑むように、春朗は顎をつきだした。

「これなら、満足しなさるか」

「下手だの」

重三郎の言葉に、春朗の表情は、微妙に動いた。

下手と言われ、安心したような、不満でもあるような。

「勝川派に、このような絵師がいたのか。迂闊《うかつ》だった」

重三郎はつづけ、春朗の、膝をつかんだ手がふるえた。

「まだ、どこからも、売り出してはいない絵師だの」

「だれも、知らねえ絵師だ」

「連れておいで」

春朗の眼が、少し赤くなった。口惜し涙は、流れる前に、ひっこんだ。

餅搗《もちつ》きの音が聞こえる。

町内の鳶が、臼だの杵だのをかつがせた人足を連れて、注文をとっておいた家々をまわり、餅を搗く。

威勢のよいかけ声が、蔦屋の奥座敷にも聞こえる。

「楽にしなさいよ」

重三郎が、手焙《てあぶり》をおしやった。

もっとも、最初から彼は、膝をくずしている。正座はできない。

淡い緑の茶がちょんぼり入った薄手の煎茶茶碗が膝の前にある。

頬の赤い小女《こおんな》が、搗きあがったばかりの餅をちぎっておろし醤油をかけたのを、小皿にのせ、お茶うけにと持ってきた。

「餅は、搗きたてにかぎる。おまえさんのところは、もう、搗いたのかい」

裏長屋住まいに、蔦が引きずり餅の注文をとりにくるものか。大見世の旦那といっちゃあ、世間を知らねえものだ。

「賃餅だァな」

彼は、ちょっと肩をそびやかして言った。

よほどの金持ちは、自家で搗く。たいがいの家は、蔦に引きずり餅を注文する。貧しいものは、餅菓子屋にたのむ。上物の菓子屋は正月用の菓子をととのえるのに大いそがしだから、餅搗きの注文に応じるのは、安手の菓子屋ばかりだ。おかんがはりこんで、のし餅一枚、たのんでいたようだ。仲間にもふるまうつもりなのだろう。何はなくとも、正月には餅と酒《とそ》だ。

「おまえさん、強そうだな」

盃を口にはこぶ仕草を、重三郎はした。

「ああ」

「熱いやつかい。それとも、人肌か」

「熱いやつだ」

ようやく、彼は少し表情をゆるめた。

「せっかくのからみ餅に茶では、あんまり愛想がない。銚子をな、熱燗で」

重三郎は小女に言う。

「あの、あまりお呑みなさいますなと、おかみさんが、いつも……。お医者さまも」

「いいから、持っておいで」

重三郎は、彼に、人懐っこい目まぜをしてみせた。

小女がはこんできたのを、重三郎の手から盃に受け、一口呑んで、彼は笑顔を返した。

「乙だろう」

「ああ。どぶろくとはちがうな」

「おまえさん、だれに筆法を学んだね」

棚から紙をとり、重三郎は彼の前においた。皺が残っている。

何日も、彼は賭場にいりびたり、結句、すっからかんになって泥酔して帰ってきて、おかんと喧嘩になり、今日は宿酔《ふつかよい》でふてくされて、稼ぎに出なかった。冬空の下で、おかんたちは、あかぎれのきれた手で三味線を弾き、のどを絞り、稼いでまわっている。その光景が浮かんで、なんだかみぞおちのあたりが、もやもやした。

そのとき、鉄蔵がのぞき、「ようやく、ご帰城か。待っていた。おめえに引き合わせてくれという人がいる」と、呼んだ。「引き合わせてほしいなら、てめえから、面《つら》ァだしやがれ。なんだって、おれが出向かねえじゃならねえのだ」「役者は、贔屓に招かれたら、どこへでも、参上するものだろうが」「おれァ、役者ァ廃業でえ」「芸人だとて、同じことだろうが」そうなだめながら、鉄蔵の顔が、なんだか浮かないと、彼は感じた。彼を蔦屋に送りとどけ、鉄蔵は、立ち去ったのだった。

「三度目の対面だの」と重三郎に言われ、「二度目だよ」彼は言ったが、

——そういえば、向島の花見で成田屋に酔ってからんだとき、蔦重もいたっけか……。

「勝川派の師匠にまなんだね」

「師匠なんざ、いねえわ」

べつに、弟子入りしたわけじゃあねえ。

おとよのところでのいきさつを、赤の他人に逐一語ることもねえ。

「まあ、だれの弟子でもよいが、おまえ、ほかに、役者絵を描いたのは、あるかえ」

「ねえよ」

「これ一枚、描いただけか」

ちょっと、彼は首をふった。

俵蔵にもらった硯箱には、筆と硯と墨がそろっていた。隣の鉄蔵がいなくなったとき、散らかり放題の部屋に、描きそんじの紙も散っていた。それを彼は拾ってきて、ときたま、手すさびに、役者の似顔を描いた。

描くはしから、おかんは焚きつけにする。

「どうして、嬶《かかあ》が焚きつけにしたやつが、おめえさんの手元に」

「なんと、みな、火中か。これ一枚が、命拾いか。やれやれ。一枚だけでも目にとまって、わたしもしあわせ、おまえもしあわせ」

重三郎の言葉が、彼には、ずいぶん大仰に聞こえた。

「ところでな」

と、重三郎は、

「今日は何日だったかな」

わかりきったことを訊いた。

「師走の十七日だ」

「そうだ、そうだ。極月《ごくげつ》の十七日。さて、煤掃《すすは》きに行こう」

煤払い、大掃除は、師走のきまり行事ではあるけれど、

――なんでえ、こいつ、おれを鳶がわりにこきつかうつもりか。

「へ、蔦屋さんは、これから煤掃きかい。おれの駄賃は高えぜ」

重三郎は、いたずらっぽい笑顔をみせ、

「うちは、十三日にすませたよ」

手をたたいて小女を呼んだ。

丸髷に眉を落とした女が襖を開けた。

――おかみさんだな。

「おまえさん、お医者様から、あまり呑むなと」

「銚子のおかわりじゃあない。鳶の松のところに使いをやってな、刺子と火消し頭巾を借りてきておくれ」

「また、お悪戯《いた》ですか」

「左五と一九も連れて行こう」

「左五さんは、用足しに出ていて、まだ……」

「それなら、一九だけでよい。あ、これ、このお絵師さんに、こざっぱりしたのをだしておやり」

「着替えなんざ、いらねえ」

秋の衣更《ころもがえ》に、おかんが、夏のひとえを綿入れに仕立て直してくれた着物だ。ぼろは、わかってら。むさくるしいというのなら……。

彼は思いなおした。

煤払いなら、どのみち、汚れらあ。汚れるのなら、他人の着物の方がいいか。

「ま、わたしにまかせなさい」

笑顔ではあるけれど、重三郎は押しつけるように言った。

「お呼びで」

ひょいとのぞいた顔に、見おぼえがある。

むこうのほうが先に気がついた。

「花見の……。縁があったな」

相手は人懐っこい笑顔をみせたが、重三郎が手元の絵を見せると、表情が引きしまった。

「おまえさん、絵師だったのか」

「芸人だ」

彼は言った。

暮の町はあわただしいが、昼下がりの廓のなかは、客の行き来が少なく、昼見世の遊女は格子の向こうで新造をまじえて歌留多とりで遊んでいる。

大門の前で、蔦重は、頭巾に刺子の火消し姿になり、彼と一九にも同じかっこうをさせた。

茶屋には立ち寄らず、妓楼に向かう。その妓楼は、暖簾をはずし、本職の鳶が、龍《りゅう》吐《ど》水《すい》で、板羽目を洗いあげていた。

この並びの数軒は、いっせいに、煤掃きをしている。

灯のはいっていない行灯に、『玉屋』の文字を見出し、彼は、声をあげた。

「どうしたえ」

「ここに、おれのなじみがいらァ」

「なんと、隅におけぬ。幼なじみか？」

彼は笑いにまぎらせた。

一九が、彼の髷の簪に目をやり、花見の一件を思い出したのだろう、あ、と、呑み込み顔になった。

いつもなら見世張りをしている格子のなかも、開けひろげた土間も、見世の若い衆が総出で雑巾がけの真っ最中だ。

「おや、蔦さま」

襷がけの女が、姉さん被りにした手拭いをとって、挨拶した。

「しっ。蔦のふりをしてきたのに、趣向がだいなしではないか。さあ、手伝うよ」

「どうも、お世話さまでございます」

なれた足どりで、重三郎は大梯子をのぼった。

気を呑まれて、後から彼は、ついてゆく。

若い衆ばかりではない。遣手も番頭新造も振袖新造も、そうして、いつもなら綺羅《きら》錦繍《きんしゅう》につつまれ、初会の客には権高に言葉もかけない花魁衆までが、埃よけに浴衣をまとい、髪は手拭いの姉さん被りで、廊下の雑巾がけ、柱の乾拭《からぶ》きと、立ち働いている。

蔦のなりでまぎれこみ、煤掃きをてつだおうという粋狂な客は、重三郎ばかりではなかった。いくら火消し頭巾に刺子姿でも、みるからに身のこなしはのろいし、遊び半分だからすぐわかる。

花魁をはじめ女たちも、旦那衆のこういう趣向は、毎年のことらしく、驚きもせず、顎で指図したりしている。

畳はすっかりあげられ、むきだしになった床板を、掃きたてる。

手拭いのかわりに菓子の紙袋をかぶった小さい禿《かむろ》が、眉間に皺をよせ、人差指の先をつまんでいる。刺をたてたらしい。

どれ、みせてごらん、というように、姉さん被りに浴衣がけの女が、禿の指をつまんだ。もむようにして押し出して、その指先を、すぼめた口にいれ、吸った。

幼いころ、刺をぬいた後の指を母親が吸ってくれたのを、彼は思い出した。痛みがとまるおまじないのようだった。

彼の視線を感じたのだろう、女はふりむいた。

そうして、うろたえたように目をそむけ、小走りに去った。

「旦那さま方、ご苦労さまでございます。さ、少しお休みくださいませ」

遣手や番頭新造が酒肴をはこんできた。

「旦那がたの、嬉しそうな顔、な」

一九が彼にささやいた。

「手伝いにきたのだか、邪魔しにきたのだか、わからないありさまだが、よほど青楼に顔がきかなくてはできないお道楽だ。おれとおまえさんは、表から通いつめて通《つう》になる前に、いきなり、裏の通になってしまったという次第だの」

「年が明けたら、今度は表から登楼して、おまえのなじみを揚げよう」

蔦重が言った。

外では、鳶が、屋根にのぼって、瓦を水で洗う。その水しぶきが座敷にまでとびこむ。

酒のまわってきた旦那衆は、「胴上げだ。胴上げだ」とさわぎ、花魁や新造を片端からつかまえて放り上げ、女たちは裾を乱して嬌声をあげる。これも恒例の行事だ。

花里は、走り去ったまま、姿をみせなかった。

十四

年が明け、松もとれ、二十日正月もすぎて、狭い中庭の梅が天をさす枝に白い花をちりばめ春の気配をふくんだ陽を浴びる。

まあ、のんびり、滞在していきなさい。気が向いたら、おまえの好きな役者の似顔を描いてみせておくれ。年が明けたら、玉屋に、今度は表から登楼して、おまえのなじみを揚げましょう。

廓《くるわ》の煤払いの後、重三郎はそんなふうに彼に勧め、暮から寛政六年の正月を、彼は蔦屋の奥の小部屋で過ごした。

左五郎、一九、ふたりの居候といっしょの部屋だ。

描けと強制されると、筆をとる気にもならず、退屈していた。

一九を相手に骰子や花札で遊んだが、一九はあまり熱くならず、適当にきりあげ、賭場のような殺気だった真剣勝負にはならない。

長屋にもどろうかな、と思いながら、いったいどういう下心で、おれをこうもてなすのか、と、いささか薄気味悪いが、好奇心もあり、その上、〝年が明けたら、玉屋に登楼〟と言った蔦重の言葉は、無視するには魅力がありすぎた。

とにかく、おれの絵が気に入ったのだ、と、それだけはわかる。

役者絵か……。

〈春朗〉と落款のはいった役者絵が、数枚、この部屋に残っていた。

書き損じの下絵だ。

彼が鉄蔵と名を知っていた男の雅号だと、いまは、承知だ。

そいつもいっとき、蔦屋の居候だったというが、おれをここに連れてきて、孔雀長屋に帰っていったきり、姿をみせない。

左五郎が正座して書見しているかたわらに寝ころがり、彼は春朗の役者絵をながめる。

——役者絵なら、おとよの旦那が、うまかったな。

思い出してしまって、彼は、顔をしかめた。

富本の師匠のおとよは、芝居好きで、よく小屋にかよい、楽屋にもときおり顔をだしていたが、彼に目をかけ、おまえの筋斗《とんぼ》は、どうにもいいねえ、と誘い、何度か裏茶屋で逢った。そのうち、茶屋では銭がかかるからと、難波町の自分の家にひきこんだ。出稽古ばかりで、家には弟子はこないと言った。

小体《こてい》な二階家だった。

夜、からだの欲を充たしあっていると、吠えるような呻くような、陰々とした声が二階からきこえ、天井がゆれて、羽目の隙間から埃がこぼれ落ちた。

おとよを囲っている旦那なのだが、卒中でたおれ身動きがならない、おかみさんが引き取らないから面倒をみていると、おとよは言った。

二階と階下をこまめに上がり下りして、おとよは、病人をよく世話していた。

しかし、からだを満たしてくれないから、間男《まおとこ》は、旦那も承知だ。そう、おとよは言った。

おとよが手放したがらないし、彼も楽屋に寝泊まりするのに飽きていたから、そのまま居つくことにした。ちょうど小屋はしまっている時で、次の狂言が開くまで、彼はからだがあいていた。

おとよの旦那は、無精髭がのび、月代《さかやき》も見苦しいので、ずいぶん老いて見えるが、おとよから聞いたところでは、四十三。まだ老い朽ちる年ではない。気力は充分にあり、からだが思うままに動かないのがじれったくてならないようで、しじゅう癇癪をおこしていた。

麻痺しているのは右半身で、左は動く。

文机を前に、壁に上半身をもたせかけ、旦那は左手で、大判の紙いっぱいに、役者の顔を描いていた。落款は、〈春好〉とあった。

おとよのいないとき、彼は重宝に使われた。

墨をすり、紙をかえ、ころげた筆を拾ってやり、旦那の筆法をながめた。

おっ母が砂で描く絵と、筆勢が似ていると思った。

旦那をまねて、手すさびに、描いてみるようになった。

左利きではないから、右手だ。

役者の顔なら、すべて、脳裏にくっきり彫りこまれている。

旦那は、不明瞭な声で、あれこれ、教えた。

ときには、彼の腕を左手でつかみ、こう、と、歯痒そうに動かした。

彼が下立役と知って、筋斗を返ってみせろと、望んだ。

その後、彼をうしろから抱きこんだ。それ以上のことは、旦那のからだは、できず、ただ肌をたのしんでいた。彼は、男に買われるのも、贔屓のなぐさみものになるのも、慣れていた。不自由な左手で役者絵をこなす旦那に感嘆し、好感を持ったから、いやではなかったのだが、おとよは、役者がそういうものだと知ってはいても、腹をたてた。旦那の前で、男と女のまっとうなやりかたをみせつけた。

彼が思い出したくない日々がつづき、彼はおとよの家を出たのだった。

手元が暗くなり、「行灯に火をいれてくれ」と、左五郎が彼に命じた。

そのとき、小女が、彼を呼びにきた。

「今日のうちに二十両ほどな、笹屋にとどけておくれ」

さとに言いおいて、重三郎は、待たせてある駕籠にのった。もう一挺には、足の悪い居候をのせた。

見送ってから、さとは、小さい吐息をつき、簞笥の引出しを開けた。

大籬《おおまがき》で遊ぶとなれば、一夜で二十両ぐらいは、あっけなく消える。

遊女の揚げ代ばかりではすまぬ。茶屋をはじめ、妓楼の遣手《やりて》から新造、女芸者、男芸者、さらに若い衆のはしばしまで祝儀をはずまねばならないし、台屋（仕出屋）の料理も、高いばかりでまずいのを承知でとりよせなくてはならない。

小女に、「川田屋に行っての、番頭どんに、はばかりだが、裏からきてくれるように言っておくれ」と言いつけ、広げた風呂敷に、箪笥から出した着物をのせる。

少し、胸が痛かった。質に入れたら、うけだすことは、難しいだろう。

さとは、手箱から、蒔絵の櫛だの銀細工の簪だのをとりだし、着物にそえた。

宵闇に箱提灯のあかりが揺れ、裲襠《うちかけ》の金銀の縫い取りがきらめいて、若い衆や、禿、新造をしたがえて、三枚歯の下駄を八文字にふみ、花里は、笹屋の店先にあらわれた。

彼を見ても、初対面の客にあうように、表情は動かさなかった。

禿にまといつかれながら、茶屋から玉屋にむかうあいだ、彼は、なにか自分が他人になったような奇妙な感覚を持った。

前に何度も遇ったことがあるとはいえ、客としてあがるのは、はじめてである。

初会の客は、まず、二階の引きつけ座敷に通される。

最初から客としてこの絢爛《けんらん》とした座敷にあがったら、気後れしただろう。そうして、大尽風を吹かせやがってと、重三郎に反感を持ったかもしれないところだった。

茶番のような煤掃きに手を貸したことで親しみがあるし、場馴れした重三郎がかたわらにいるから、少しは心強い。

楽焼の皿に練り羊羹と椿餅がまず出て、それから、新造が袱紗《ふくさ》にのせた薄茶の茶碗を彼の前においた。重三郎は、茶碗をとって作法どおりに啜る。

上気して、茶の味もわからなかったが、

「なにも、びくびくすることはないのだよ」

重三郎にささやかれ、

「へ、舞台に立っていると思やあ、なんのことァねえわ」

そう口にしたら、肚《はら》がすわった。作法を知らねえ男が、廓にあがったという場さ。

おれも、名題なみに、仕どころのあるお役をつとめているところさ。

若い者が、真鍮《しんちゅう》の燭台にすえた大蠟燭に火をともした。

ひきつづいて、銚子やら口取をのせた硯蓋やら吸い物やら次々にはこばれる。

やがて、花里がゆったりと入ってきて、会釈もせずに上座についた。

三々九度のような盃ごとが、かわされる。

男芸者や新造は、にぎやかに座をもりたてるが、花里は、微笑もうかべない。

花魁との初会はそういうものなのだと、前もって重三郎に教えられていた。

飲み食いもせねば、話もせぬ。二度目にあがるのを、裏を返すという。そのときは、少し親しみをみせ、話もする。三度かよって、ようやく馴染みとなる。しちめんどうな廓の作法を、重三郎はそう説いて聞かせたのだった。

お定まりの盃が終わると、花里は、悠然と座を立って、廊下に出ていった。

それきり戻ってこない。

「おまえ、ちょっと、手水《ちょうず》を使ってきましょう」

重三郎がうながした。

「おれァ、別して……」

「はてまあ、使っておいでなさいまし」

と、遣手《やりて》もすすめ、小さい禿が、彼の袖をひいて先に立った。

なにも、連れ小便でもあるまいに、とぶつぶつ言いながら、客や花魁や新造、台の物をかついだ若い衆が行き来する廊下を、禿に案内された手水場は、幾つか折れ曲がった先の突きあたりで、一段高い台に乗るとその前に、廊下の幅いっぱいの箱。戸も囲いもないところだ。台の物のにおいに臭気がまじって、廊下にただよっている。

もどってくると、

「蔦さまは、こちらへお越しなんし。あなたさまは、花里さんの本間に」

と新造がそれぞれ、別の座敷に案内する。

花里の座敷は、彼にはまばゆかった。

行灯に照らし出された定紋蒔絵の重ね箪笥、用箪笥、鏡台、烟草盆、半挿《はんぞう》、金泥の絵屏風。

——大名の奥方だって、これほど豪勢じゃあねえだろうな。

煤掃きのときと同じ部屋とはとても思えない。

畳をあげ床板までむきだしにした、道具のなにもない煤掃きのときの部屋は、いわば、大道具を飾りつける前の、裸舞台のようなものだった。

屏風のかげに、五枚がさねの厚い敷蒲団、緞子《どんす》に黒繻子の襟をかけた夜着のはしが見える。

「ちっと、お休みなんし。花魁はじきにおいでなんす」

新造は、彼を床にみちびいた。五枚重ねの上に座ると、からだが宙に浮いたようだ。

やがて、華やかな色が彼の目にうつり、部屋着に着替えた花里の白い素足が、敷居を越えた。

行灯を近づけて、壁の穴からのぞく春朗の目に、夜着をかぶって寝くたれたおかんの姿が見えた。

春朗は、火種をもって、穴をくぐり、隣に這いずり入った。

部屋の隅の行灯にそっと火をうつす。

夜着をはいで、寝乱れた姿をあらわにした。

硯箱の蓋をあけた。あいつがおいていったやつだ。

土間の甕《かめ》から柄杓にくみこんだ水を、少し硯にたらし、墨をする。

墨のかすがこびりついているから、すぐに描きごろになった。

秘所を画帖に写しとっていると、

「とんぼかい」

なかば睡りのなかにある声でおかんは言い、からだをずらせ、横の場所をあけた。

春朗は、筆を置き、かたわらに身を横たえた。

「ばかやろう、今ごろ帰ってきやがって」

甘えた声で、春朗の胸に顔を埋めた。

吉原の蜘蛛の糸は、春朗も知っている。蔦重が、一度連れていってくれた。

あいつも、かならず、絡め取られたにちがいない、と思う。

一度知ったら、あとをひく。

それを逆手《さかて》にとって、自家《じか》薬籠《やくろう》中のものとしてしまった歌麿は、やはりたいしたやつだな。

「とんぼ」

寝とぼけて、勘違いをしているのか、気がついたのに、強いて、あいつと思い込もうとしているのか……。

「帰っちゃあ、こめえよなァ」

春朗はつぶやいた。

十五

重三郎のもとに居候しながら、気が向くと、役者の似顔絵を、彼は描いた。

中村座で演じられた、彼がよく知っているものばかりだ。

団十郎と名乗っていたころの蝦蔵の〈松王〉に宗十郎の〈源蔵〉、万菊の〈八重〉、八百蔵の〈桜丸〉。……あれァ、羽左衛門が一世一代の舞台をつとめた年の『菅原伝授手習鑑』だった。

成田屋の松王は、言うがことァねえ、あたり役だァな。紀の国屋も人《にん》にあっていたっけが。

いつの顔見世だっけか、草紙洗いに鸚鵡《おうむ》小町、雨乞い小町、卒塔婆《そとば》小町と、七小町の狂言に、菊之丞の小野小町が、たいそうおもしろかった。弁之助が男女蔵を襲名したときだったな。

和田右衛門の〈梶原平三〉、坂東善次の〈源太〉、此蔵の〈平次〉、富三郎の〈片貝〉、

〈十郎〉は幸四郎で、〈工藤〉を仲蔵がつとめたのは、初春狂言『江戸富士陽《わかやぎ》曾我』。

一昨年だったか、『鏡山』をだしたときは、松助の〈岩藤〉に常世の〈尾上〉、〈お初〉は菊之丞。あのときは、松助さんが大当たりだったな。鬘《かつら》師の友九郎に、生え際を工夫した鬘をつくらせたのも、松助さんだった。松助さんは、まことに、けれんの思案をするのが好きで、忠臣蔵を織りこんだ『忠孝両国幟』では、高師直の切り首を、役者を生写《しょううつ》しにして作らせ、評判がよくて、あれ以来、切り首はなるたけ役者に似せるようになった。

和田右衛門といっちゃあ、あんまり博奕にいれあげて首になっていたのを、金八師匠が、ぜひぜひ、和田右衛門でなくてはこの狂言ができぬといって、帳元もしかたなく、詫びをいれさせて抱えたことがあったが。

描き出すと、記憶のなかの舞台にひたれるのが楽しくて、すらすらと筆がすすんだ。描きちらした紙は投げ捨てていると、焚きつけにもらうよ、と重三郎が持ち去った。

控え櫓が興行するようになってから、小屋に客足は戻り始めていた。

都座は、贅沢を禁じられた衣裳を遠目には禁制の縮緬にみえるようにして客をよろこばせ、河原崎座は三段返しの大道具を考案し、桐座では、松助が、一瞬に顔が爛《ただ》れ変わるさまを、鬘と作り物の仕掛けでやってみせるなど、三座とも、それぞれ見物をおもしろがらせる工夫をこらした結果であった。

五月五日、三座はいっせいに、新狂言の初日をだした。

二度と足を踏み入れるなと追い出された小屋に、彼は、桟敷の客として入っている。

桟敷で芝居を見るのは、生まれて初めてのことだ。

重三郎が、一九と彼を伴なったのである。一九は矢立と画帖を持参した。

――桟敷から見ると、芝居は、こう見えるのか。

彼には目新しい経験であった。

一九は、画帖に役者の姿をざっと描き、衣裳の特徴やら色やら模様やら、鬘の種類やらを、覚書ふうに記していた。

主な幕が終わると、重三郎は、都座から桐座に桟敷をうつした。

さらに、木挽町の河原崎座にまわった。

出し物は『恋女房染分手綱』で、ひさしぶりに、蝦蔵の舞台を見た。それも、袖からの盗み見ではなく、桟敷でだ。

幾度もくりかえし舞台にのせられる古い義太夫物だから、あらためて見なくても、物語はよく知っている。

由留木家の腰元重の井が、家中の武士伊達与作と不義の仲となり、男の子を産む。発覚して二人とも死罪になるところを、与作の父、竹村定之進が切腹して詫びたおかげで、命は助かる。与作は追放され、重の井は、乳母として姫につかえることになる。幼い姫が政略結婚で東国に輿入れすることになる。旅立ちをいやがってむずかる姫を、馬子の三吉という子供が、双六の相手をしてなぐさめる。

この三吉は、重の井が生き別れた実の息子だとわかるが、母子の名乗りをあげるわけにはいかず、母は息子をつきはなす。

切腹して息子の咎をあがなう竹村定之進を、蝦蔵がつとめていた。

「大首絵の版下を、おまえに描いてもらいます」

帰宅すると、一九と彼を座敷に呼び、彼にむかって、重三郎は言った。

中庭の藤が、夕闇に溶けかかっていた。

「おれが？」

「これまで、立ち姿を描いた役者絵は多い。大首絵も、春章さんや春英さんが幾つか出してはいる。しかし、人気役者を三、四人描いただけだ。おまえには、都座、桐座、河原崎座、三座の、狂言をつとめる名題役者を、ことごとく、描いてもらう。何十枚になるか。一気に売り出します。これは、評判になるよ」

「それァ無理だ」

笑い捨てた彼の目の前に、重三郎は、「焚きつけにもらうよ」と持ち去った絵をならべた。

「助六一枚を見て、これこそ、と思ったわたしの目に、狂いはなかった」

重三郎は楽しげに言った。

「だが、これは、版下には使えない」

「わかってらあな。だから、おれには、むりだと」

「おまえの役者絵には、おまえが見抜いた役者の本性と、つとめる役の性根が、あらわれている」

重三郎は、言葉に力をこめた。

かたわらで、一九がうなずいた。

「版元が役者絵を出すのに、二つのやり方がある。知っているかえ」

「知るわけがねえだろう」

「一つは〈中見〉といってな、狂言がはじまってから絵師が舞台を見て、着付けや鬘などを書きとめ、それによって下絵を描く。もう一つは、〈見立〉という。あらかじめ役柄や衣裳などをきいておき、舞台を見ずに描く。中見であれば、幕が開いてからしばらくたたねば、店頭に出ないが、見立なら、小屋が開く前から売り出せる。そのかわり、中見は、絵師の目が役の性根をつかむことができる。役者の顔貌《かおかたち》は、すでに、おまえの目にきざまれている。役の性根は、今日、つかんだだろう」

今日の芝居見物は、役者絵の版下を描くための中見だと、重三郎は言っているのであった。

あっけにとられている彼に、重三郎はつづけた。

「都座の『花菖蒲文禄曾我』は亀山の仇討ち物だし、桐座の『敵討乗合噺』は宮城野信夫の仇討ち物だ。どれもおなじみの人気狂言。舞台を見ないでも描けるくらいだろうが、あらためて桟敷から見ると、また格別だろう」

「衣裳や鬘は」と、横から一九が言った。「おれが書きとめておいたから、役にたてておくれ」

一九に紙と硯箱をもってこさせた重三郎は、楷書で一字一字、ゆっくりと墨書した。

そうして、声に出して読んだ。

「〈東洲斎写楽《とうしゆうさいしやらく》〉。おまえの名だ」

彼は、ちょっと肩をそびやかして、とまどいをかくした。

「版下絵にはな、一つ一つ、この名を書き入れるのだ。よく、おぼえなさいよ」

「もうちっと易しい字にしてくんねえ。こんな四角くってまっ黒な字は、おれァなじみがねえの」

「これぞという者があらわれたら名乗らせようと、胸に納めておいた名だ」

「おれァ、ふところ紙かよ」彼ははぐらかした。

「〈江戸の男の心意気〉という名だ。絵解きをせねば、のみこめぬか」

「奥山の豆蔵じゃァあるめえし。おれァ、酒のほかァ呑まねえの」

「東洲は、江戸。野暮なご法度なんざ、しゃらくせえわ、という名乗りだ」

彼はようやく笑顔になった。

「嘘ァねえや。まっぴらごめんねえ、しゃらのしゃんぷくりんだ」

だが、すぐ、真顔になり、

「おれァ、根っから、絵師じゃあねえもの。……ちっと、手ほどきされたことがあるだけだ」

「蔦屋重三郎は、名伯楽。信じなさい。むずかしく考えることは、何もない」

重三郎は語気を強めた。

「今まで描いたように描けばよいのだよ」

ただし、と、重三郎はつづけた。

「おまえが東洲斎写楽だということは、わたしが許すまで、決して、世間には明かしてはなりませんよ」

「なぜだよ」

「秘すれば花という。正体が知れぬほうが、世間さまが興味をもつ。おまえの役者絵は、これまでにない、奇妙な絵だ」

「奇妙きてれつな話だ」

まぜっかえすのを、重三郎は聞き流し、

「いったい、だれがこのような絵をと、世間はいぶかしむ。だれだ、だれだ、と、評判がたつ。人気と評判がわきたったところで、おまえを披露しよう。五月狂言をつとめる三座の名題をすべて描くとなれば、たいそうな数だ。評判がよいから六月までもつだろうが、なるべく早く売り出さねば、盆休みになってまう。早速とりかかっておくれ」

「さあ、とんぼさん、引っ越しだよ」

一九が、のみこみ顔でせきたてた。

十六

東洲斎写楽の落款のはいった三十枚近い版下絵を、一九が持帰り、重三郎の前にならべたのは、五月も半ばを過ぎてからだ。

重三郎は、身ぶるいした。

期待はしていた。己の眼力に自信もあった。

しかし、彼の予想をはるかに超えた、恐ろしい絵が、そこにあった。

内側から力が溢れほとばしる市川蝦蔵の竹村定之進、ふるえる両手に殺意をみなぎらせた大谷鬼次の奴江戸兵衛、初々しい男女蔵の奴一平、おっとりかまえた澤村宗十郎の大岸蔵人、貧にやつれて思案する気の弱そうな市川八百蔵の田辺文蔵、年増女の色気と化粧の下にある中年の女方の醜さが同時にあらわれている瀬川菊之丞のおしづ……。

「はじめは、わたしァ、笑ってしまいましたが」

一九は、中山富三郎の宮城野の似顔絵をさした。

「どうして、恐ろしい絵だァ。思わず笑っちまって、後から、しんと怖く淋しくなりました」

「淋しいか」

重三郎に問い返され、「へい」と、一九は、少し照れたように首をすくめ、愛想のいい笑顔になった。そうして、

「旦那は、別宅のようすをご存じじゃあありませんね」

「描きあがるまで、一足は踏み入れまいと思って、たずねなかった。わたしが見張って

いては、とんぼの筆がのびぬと思い、世話はおまえにまかせたが」

「お座敷を、まっ黒にしてしまいましたよ」

一九は、くくくと笑った。

花川戸の重三郎の別宅、大川端に建つ瀟洒《しょうしゃ》な二階家の、階下の小座敷が、彼の画室にあてられている。

「癇癪をおこすと、筆だの墨だの、おかまいなしにぶん投げますのでね、東洲斎写楽さんは。汚しまくっていっこう平気というところは、春朗さんとよく似ています」

別宅での日々を、一九は、思い返す。

「突いてくりゃんな、八幡鐘よの、可愛いお人の目をさます」

鼻唄まじりで、一九は墨をする。

川開きにはまだ少し早い。

襖も障子も畳も、墨の飛沫が散って無残だ。

描き損じの反故が散乱した中に腰をすえ、とり憑かれたようにとんぼは筆を走らせている。

壁には、三座それぞれの、狂言と役者の名、役人替名を記した短冊がさがり、その紙にも、墨の飛沫が模様をつくっている。

すった墨の汁を、一九は、とんぼのかたわらの皿にうつし入れた。皿のとなりにあるのは、一升徳利だ。

ついでにとんぼの手元をのぞきこむ。

下書きを何枚も描き、これと決めた絵に薄い美濃紙をおいて敷き写し浄写したものが、版下絵になる。その余白に、苦労して落款を書いているところだ。

「こいつァいいわ」

吹き出した一九に、とんぼの筆がすべった。楽の字がまっ黒になって、役者の顔にまで墨痕が走った。

「くされ金玉」

わめいて、墨の皿を、とんぼはぶん投げた。

一九をねらったのだが、はずれて、畳の上が墨の洪水になった。

「なにがおかしいよ」

「それだっても、おまえ、この富三《とみさ》ときたら……」

思わず笑い出さずにはいられない、滑稽な女方の顔なのだが、とんぼの血走った目に、一九は、ちりけもとがぞくっとした。人を笑わせようとして、ことさら滑稽に描いているわけではない。諧謔《かいぎゃく》や軽みをあらわそうとしているのでもない。見直して、笑いより恐れを、一九は感じた。その底に、淋しみをも感じた。己の中にひそむ寂《せき》寥《りょう》を、とんぼの描く役者絵に映しているだけなのだろうか……と、一九は思った。

とんぼがさらに墨をふくんだ筆をかまえたので、一九はあわてて逃げた。

筆の穂先を、とんぼは、自分のこめかみにぐいと当てた。顎にかけて、斜めに顔を切った。

墨だらけの畳にあおむけにひっくりかえったとんぼの目尻から、墨痕の黒い雫が、つ、と流れた。

逃げたついでに一九は台所に行った。

飯炊きの婆さんが、竈の前にかがみこんで、火吹き竹を吹いている。

「湯ぅ、沸いているかい」

「あいよ」

急須に茶っ葉を入れ、釜の湯をくみいれ、湯呑を二つ盆にのせて、部屋にもどった。

「ちっとァ、休まっし」

「そうだな」

とんぼは起きなおった。

茶を注いでわたすと、中身を窓から庭に投げ捨て、一升徳利の中身を注ぎなおして、あおった。

「四角い字は、おれが書いてやろうか」

せっかく浄書までいって、落款がうまく書けず失敗作になることが間々ある。

「頼まァ」とんぼは、あっさり言った。「こんな、牛王《ごおう》のお札みてえなうざうざした文字ァ、まっぴらだ」

目尻からつたった黒い雫を思い出し、あのとき、どうして、とんぼは……と思いながら、

「かないません」

一九は言った。

「で、とんぼはどうしている。別宅で酒をくらっているか？」

「へえ、たぶん」

「まだ、家に帰してはいけませんよ。夏狂言のひろめも、写楽だ」

いとおしくてならぬ目を、重三郎は闊達《かったつ》な墨の描線に投げた。

「これが、摺りあがって見世に並んだら、どうだえ、豪気だねえ」

手をたたいて重三郎は小女を呼ぶ。

「灯でございますか」と、すばやく行灯ににじりよる一九に、

「いや、灯はおたみに入れさせる。おまえさんは、仕事場にいって、房さんを呼んできておくれ」と、言いつけた。「それから、与兵衛に言ってな、橘町の兼さんに使い

をやって、油町までご足労ねがいますと、呼んでくるように」

花川戸から吉原は、つい近間だ。

重三郎が行灯の明かりで下絵にながめいっているとき、彼は、浅草寺の裏をぬけ、水茶屋や編笠茶屋のならぶ日本堤に出、ひやかしの地廻りにまじって大門をくぐっていた。

仲之町の桜はとうに引き抜かれ、通りの中央に掘った溝に菖蒲を植えこみ、その間に八橋をかけわたして、皐月《さつき》の景観としている。

燈籠の灯の下の菖蒲は、黒ずんでいた。

笹屋を、彼はのぞいた。

顔を見せたおふじに、

「花里花魁を呼んでくだっし」彼はたのんだ。

おふじは、呆れて、

「なにを寝ぼけたことを言うんだね」

「裏を返しにきたやつさ」

「いつだったか、蔦屋さんがつれてきた人だね」

「そうだ」

「花魁の名をいえば、呼べるというものではないんだよ」

「花魁が、おれを呼んだのだ」

彼は、懐の天紅の文をみせびらかした。

通油町の蔦屋の見世にとどいたのを、小僧が気をきかせ、用のついでに、別宅まで持ってきてくれたのだ。芝居の看板の文字は読めるが、くずした手紙の文字はむずかしい。一九に声にだして読ませた。「……おん恨みにぞんじあげ候、だ。おめえのこねえのが、おん恨みだとよ。主様まいる」すぐにも飛んで行きたいのを、蔦重に言われた下絵が描き上がるまで我慢した。「女郎の文ァな、きまっているわ。足が遠のいた客に、こい、こいとせびるの。まともにとるのァ、ばかだ」そう一九は言った。彼は「玉屋で一夜揚げる金で、河岸なら一年中、女を総仕舞いにできら」とうそぶいた。「河岸の女郎と大籬の花魁では」「ぼろも緞子《どんす》も、糞袋だ」「罰当たりな」一九のやつァ、おれの強がりを見抜いて笑っていたっけな。

「この前は」と、おふじはさとした。「蔦屋の旦那がついていなさったから、おまえのような若造には分不相応な遊びもできたのだよ。蔦屋さんの居候だっていうじゃないか。かってに遊んでいけないよ」

「いや、おれァ、絵師だ」

東洲斎写楽、と言いかけて、彼は口をつぐんだ。蔦重の口止めを思い出した。もっとも、名乗ったところで、まだ売出しもしていないのだから、茶屋のおかみが知るわけもないが。

そのとき、彼の目の隅に、筋向かいの茶屋から出てくる一行が、うつった。

これから妓楼にむかう客と、花魁たちだ。

立兵庫に後光の簪、縫箔がきらびやかな金襴の裲襠、八文字をふむ花魁は、花里であった。

「絵師も、あの歌麿さんぐらいになれば」

と、おふじは、たわむれる禿をあしらいながら花里とともに歩み去る男を、指差した。

「座敷持ちを揚げようと、総仕舞いをつけようと、ままだけれどね。歌さまなら、江戸の版元さんが、総出で、揚げ代をもってくれる。ちょいとお待ち。馬鹿なまねをするんじゃないよ」

手荒く止めるおふじを振り切って、彼は花里の後を追った。

おはぐろ溝《どぶ》は、闇の中で、ぬめりと夜気を吐きだす。

擦り傷、打ち身だらけで、彼は溝の縁にたたずんだ。

額から顎を手の甲でぬぐうと、ねっとりと黒く、血に濡れた。

痛みは感じない。

茶屋の若い者がよってたかって彼を打擲《ちょうちゃく》し足蹴にする間に、花里は、見返りもせず、遠ざかった。

いや、その背に彼が名を呼びかけたとき、足がとまった……。

番頭新造にうながされ、ゆるやかな歩をすすめ、闇に溶け入った。

彼は、乱れた髷の根から、珊瑚の玉簪を、引き抜いた。

力まかせに、二つにへし折った。片手にある半分を、溝に投げ捨てた。

左手に、短い脚のついた珊瑚玉が残った。

それも放り投げようとして、握りしめた。

「この勢いをな、殺さぬようにな」

重三郎の手から版下絵をうけとり、彫師の房次郎は、「ほう」と驚いた顔になった。

「いいだろう」

押しつけるように、重三郎は同意をもとめる。

房次郎は、彫駒にくらべれば、名はまだ低い。

吉蔵という彫師のもとで修業し、頭彫をまかされるようになったが、吉蔵が娘婿にして後をつがそうとしたのに、よくある話だが、親方にさからい惚れた女と所帯をもって吉蔵を怒らせ、破門されたという経歴である。

「おまえの腕を見込んだ」と、重三郎は、前もって手金を充分に払い、胴彫りをやらせる職人や下働きを集めさせた。その間に、蔦屋の一間を、彫りと摺りの仕事場に作り直し、房次郎を住み込ませている。

摺師も、栄松堂とは縁を切り、これも前から目をつけていた兼吉という腕のいい職人に、話をつけ、下職を集めさせている。

いろいろな版元の仕事を一手に引き受けている大手の彫師摺師では、工夫が漏れ、先に他にとられる恐れがある。

絵師が手飼なら、彫師、摺師も手飼にかぎる。そう、重三郎は思いさだめた。

そこまで手間ひまかけることはありませんと、大番頭の与兵衛はずいぶん反対した。

この上職人まで抱えこんだら、出銭ばかりかさむ。

「蔦屋重三郎、一世一代の大勝負なのだよ」

歌麿の美人画を超える役者絵だ。内密にことをはこび、蔦重がなにかとてつもない趣向の大錦を売り出すそうだと、噂だけはひろめさせてきた。

ほどなく、摺師の兼吉がおとずれた。小柄だが、右腕だけは太く、馬連のあたる親指の根の内側に、胼胝《たこ》がもりあがっている。

「いよいよ、取りかかってもらうよ」

下絵を見せてから、重三郎は、最初に彼が目にした〈助六〉を、棚からとった。

「薄闇の中からあらわれた日輪のようだろう。この感じが、新しい大首絵にほしい。雲母の地つぶしだ。薄闇のような黒の雲母。歌麿の白雲母じゃあない。黒雲母。なんとか苦しんでみておくれ。できるかい」

「うう」と、口重く兼吉はうなずいた。

「いそぐのだよ。歌麿のときは、手間をかけ二度摺にしたが、雲母粉に姫糊をまぜて、一度ですませてもらいたい」

「艶がでねえ」

兼吉は、少し吃って言った。この喋り癖のために、兼吉はいっそう口が重い。

「かまいません。写楽は、歌麿とはちがうのだ。絵面《えづら》のうるわしさで見せるのではない。この、なんというか……、力だよ。ぐんと迫ってくるだろう。歌麿のような細やかな色はいらないのだ。地つぶしの雲母に艶がなくとも、迫る力には変わりはない。摺りはじめたら、版を休ませることもいらない。つづけて摺りあげておくれ」

「休ませねえじゃあ、たちどころに、版木がすり減る」

千枚摺るなら、二百枚摺っては数日版木を休ませ、また二百枚摺るというふうに、数回にわけて摺りあげる。つづけざまに摺ると、磨滅が早く、後々使えなくなる。

「かまいませんよ。このたびは、三十枚を一度に売り出すのが、勝負の勘所《かんどころ》なのだ。

それで人気が出たなら、後はゆるりと描かせ、彫りも摺りも手間をかけたのを売り出します」

「この大首絵なら、色数が少ないから、彫りも摺りも、手がかからねえと言っちゃあ、そのとおりだが……」

「明日と言わず、今日から、房さん、墨板にかかっておくれ。夜なべになるね。行灯をつらねて、仕事場はせいぜい明るくします。灯の油は気がねなくお使い。衣裳の色と模様は、一九が心得ています」

「旦那は、こうと決めたら、鉄砲玉のように、待ったなしだ」

一九が笑うと、かたわらで与兵衛が聞こえよがしの溜め息をついた。

それを聞き流して、

「曾我祭までには、なんとしてでも間に合わせたい」

重三郎は言った。

「せっかく、芝居町では、曾我祭で人気をあおりたてる手筈だ。こちらも、三十枚の役者大首絵、曾我祭にあわせて一気に売り出し、いっそう人気をもりたてましょう。芝居を見た人は、役者絵を買いたくなる。役者絵を買ったお人は、芝居を見たくなる。まったく、おまえ、この大首絵を見たら、どんな狂言か、小屋に足をはこばずにはいられなくなるだろうが。盆狂言も、顔見世も、江戸の花は芝居、役者絵は蔦屋、と、芝居の人気も、蔦屋の役者絵の人気も、盛り上がる。いや、盛り上げねば」

五月二十日、蝶と千鳥を描いた赤い提灯と、同じ模様の菓子が、芝居町から贔屓客にとどけられる。

重三郎の見世にも、三座からそれぞれ贈られてきた。贈られた贔屓は、その返礼に、曾我神社への冥加金《みょうがきん》をおさめなくてはならない。

五月二十八日の曾我祭は、芝居町では最大の祭礼である。曾我兄弟を祭神とする曾我神社の神輿が、小屋の仕切り場に飾られ、入口には大幟がひるがえる。

楽屋でも、役者のあいだでの行事や、打ち出し後の酒盛りがあるが、見物にとっては、大切りの役者総出の総踊りが何よりの楽しみである。稲荷町や囃子方、子役まで、祭り姿で万燈をかついで舞台にならび、両花道から、立役、女方が揃いの伊達衣裳で本舞台にねりこみ、雀踊りだの早乙女踊りだの、趣向をこらす。

この日、蔦屋も、〈東洲斎写楽〉の大首絵を売り出した。

売り物の錦絵は、棚に重ねておくのが普通だが、重三郎は飾りつけに一工夫し、割竹で四隅をはさみ、壁にずらりと下げた。見世に足をいれたとたんに、蝦蔵が、菊之丞が、半四郎が、松助が……、三座の役者が総出で、出迎える形だ。

大番頭の与兵衛をはじめ、番頭、手代、小僧、居並んで客を待った。

一九も左五郎も見世に出たが、重三郎は見世につづく奥の間で、聞こえてくる客の声に、手応えをたしかめることにした。

とんぼは、蔦屋にはこなかった。一九の言うところでは、いつもは別宅で酒浸りだが、今日は両国の川開きに行くと言っているという。毎年、曾我祭と両国川開きは同じ日だ。大川端の納涼は、五月二十八日にはじまって、八月二十八日に終わる。川開きには盛大に花火が打ちあげられる。

――しかし、川開きは毎年だが、写楽の絵の売り出しは、今日が初めてだ。妙に斜《はす》っかいになるやつだから、強がって見に来ないのかもしれない。売れぐあいを見るのが怖いのか。いや、絵の売行きには、あまり関心がないのだろうか……。

「花火は、六つを過ぎねば始まらぬ。いまから土手で一人で呑んでいても、なにもおもしろいことはない。見世に連れてきなさい」

一九を呼んで言いつけた。

自分の描いた絵が、これまでまるで知らなかった人々に気に入られ、買い取られる。絵師にとって、これほど嬉しいことはあるまい。その嬉しさを心ゆくまで味わわせたい、次の仕事のはげみにもなる、と重三郎は思ったのである。

斜にかまえていないで、素直に喜べばいいのだ。

買ってくれた客に、頭をさげたくもなるだろう。

もっとも、まだ、写楽の正体を披露するときではない。

かくしたほうが、人の好奇心をそそり、注目されるという勘定もあるが、とんぼの経歴が明らかになるのを、重三郎は懸念した。

とんぼが仲間に入っていた門づけは、大勢でおしかけて、ゆすりまがいの嫌がらせで銭をねだりとる、たちの悪いやつらだ。一九にしらべさせ、いっしょに棲んでいたのが、彼も廓であくどい真似をされた、もと吉原芸者のおかんと、わかっている。

心中のしそこないから門づけに落とされたのは、御上のやりようが理不尽、晒しものになっているのを物珍しげに見物したこっちも悪かった、とは思っても、重三郎は、まだ、高みからおかんたちを見ていた。

それ以上おかんたちの気持ちに寄りそうことはできず、蔦屋が売り出す人気絵師〈写楽〉がだれだかわかったら、また、あの連中がおしかけてどのような嫌がらせをするか知れたものではない、と案じたのだった。

とんぼは、怪我の原因を重三郎に話したことはなかったが、一九にだけはちらともらし、一九の口から、重三郎の耳にも入っている。

向島の花見で、とんぼが蝦蔵にどんなふるまいをしたか、蝦蔵の不愉快そうな顔も、重三郎はおぼえている。

蝦蔵は、からみの稲荷町など眼中にあるまいが、世間は口さがない。〝写楽は、もとをただせば稲荷町役者。成田屋のおかげで、舞台に立てなくなったのだ〟などと取り沙汰されたら、気分を悪くするだろう。芝居町と蔦屋のあいだも、しっくりいかなくなるおそれがある。

当分、正体はかくしておかねばな。なにを言われようとゆるがぬほどに人気が高まったら、披露しましょう……と、ひとり思案する重三郎の耳に、見世に集まった客たちの話し声がとどいた。

前評判を流したので、客はずいぶん集まってきたようだ。

京伝の新作を出したときの賑わいを、重三郎は思い重ねた。

あのときも、売り出す前からあおりたて、そのおかげで、草紙を綴じるのがまにあわぬほどの売行きだった。

芝居の見物衆が、役者の素の顔や暮らしに興味を持つようになってきた時世を、重三郎は感得していた。いつの舞台だったか、蝦蔵が、舞台の上の住まいを、自分の住まいそのままに造らせ、評判をとったことがある。また、役者が舞台の上で化粧を落とし素顔をさらす場面が見物に大うけしたこともあった。

写楽の役者絵は、そうした近頃の見物の好みに必ず合う、と彼は確信していた。

「見てやってくださいましょう。あれが、浜村屋だといいますよう」

鼻をならす娘の声が見世から聞こえた。

「役者絵なら、春英がようございますよ」別の娘の声が応じた。「浜村屋がそりゃあ、美しゅうございます」

「おまえさまも、路考が贔屓でございますか」

路考は、浜村屋瀬川菊之丞の俳名である。

「はい、もう、路考を見たら、いっそもう」

「あい、わたしも、路考に、いっそもう」

いっそもう、路考を見たらいっそもう、と川柳にからかわれているとおりの風情で、身をよじっているのだろう。

色気のある年増女の化粧とその下の脂っこい中年男が融合した写楽の〈瀬川菊之丞〉を、重三郎は思い浮かべた。これこそ、これまでの役者絵にない、写楽ならではの毒っ気だと、重三郎は嬉しくてならなかったのだ。

春英描くなよなよと愛らしいだけの菊之丞では、あの女方の、しつっこいまでの味が見えぬではないか。

上っ面ばかりきれいに仕立てた役者絵になじんでいる娘っ子たちには、役者の魔性がおのずとにじみ出てしまう写楽の凄さがわからなくても仕方がないか。

「フゥ、これァ役者に殺されるっサ」

男の声が聞こえた。

つづいて、がやがやと、

「龍蔵ときたひにゃあ、おこぜの黒焼が玉蜀黍《とうもろこし》を横ぐわえだ」

「あれァ、鬼次か。蛸がひきつけをおこしたという案配だ」

鬼次の奴江戸兵衛は、重三郎がなかでもすばらしいと感嘆した作だ。

「もし、わっちァ、成田屋のをもらいましょうよ」

ようやく買い手がついたようだ。

「物好きなお人がいるよ」

「なに、瘧《おこり》が落ちるまじないになりそうだ」

「嘘ァねえや」

どっと笑い声が起きた。

「写楽とやらいう絵師は」

男の声が断言した。

「江戸の芝居を見たことがねえっス」

与兵衛が奥に小走りで入ってきて、仕事場の方へ行く。

仕事場では、兼吉たちがまだ一心に摺りをつづけているはずだ。

「やめなさい。やめなさい。そこで、取りやめだ」

摺れば摺るほど損になる。そう判断した与兵衛の声が、仕事場から重三郎の耳にとどいた。

がたりと、廊下で物音がした。つづいて、荒々しい足音が遠ざかる。

重三郎は、襖をあけ、のぞいた。勝手口から外に走り出ていくとんぼの後ろ姿がみえた。

「帰っていたのか」

「はい」廊下にうずくまった一九が、頭をさげた。

「裏口からいっしょに戻ってきましたら、ちょうど、あの娘っ子の声がお見世から……」

「すっかり聞いてしまったのか」

「無残でございました。江戸の芝居を見たことがない、とまで言われては……」

「すぐに、追いかけてな、何も言わず、いっしょに呑んでやっておくれ」

重三郎は言った。

「じきに川開きの花火がはじまるだろう。大川端で呑んだくれさせてやっておくれ。お守《も》りをたのみます。東洲斎写楽は、まだ、口開けだ。私も写楽も、勝負はこれからだ。私が見込んだ絵師だ。みごとに育つまで、蔦屋重三郎は、けっして、見放さぬ」

写楽とやらいう絵師は、江戸の芝居を見たことがねえっス。

聞き流そうと思っても、声がよみがえる。

「おまえの足の速いことといったら」ようやく追いついた一九が、「ちょいと休ませておくれよ」しゃがみこんで息をととのえた。

振り切って行こうとすると、

「わたしも、花火を見たくてね。花火ってのァ、ひとりで見たら、侘しくってならない。わたしァ、侘しいのは、苦手でねえ」

一九は、彼に寄り添い、「ああ、重かった。よいしょ」と、酒をみたした一升徳利をわたした。

人の流れは、大川へとむかう。

徳利の酒を口呑みしながら、人にもまれてふらふら行く。

両国の橋詰についたころは、彼は足元があぶなくなっていた。

広小路は葭がけの見世物小屋がならび、道端では、白玉団子や幾世《いくよ》餅《もち》、心太《ところてん》の酢醤油かけだの、飴菓子だの、声をからして売りたてている。

「とんとん唐辛子、ひりりと辛いは山椒の粉《こ》、すわすわ辛いは胡椒の粉、けしの粉、ごまの粉、ちんぴの粉」

七色唐辛子の振り売りの声に、——いつの舞台だったか、澤村喜十郎が、張子の大唐辛子を背負って、唐辛子づくしのつらねをやったことがあったな、と、思い出し、

「青唐辛子のお若衆を、信濃唐辛子をみるような、辛いうきめにあわそうとは、さりとはいとしお唐辛子」

声色を、あたりかまわずわめいた。

ろれつもまわらぬほど酔っていて、それでも、声をはりあげ、

「さすれば声が鷹の爪、ほおずき唐辛子みたような、身のある相手がなお好物」

「うるせえ。商いのじゃまだ」

振り売りがどなるのを、

「なに、てめえの声がでがらしだから、助《す》けてやっているのだ。ありがたく思いやがれ。返答しだいで、てめえをきざみ唐辛子、そっ首ョ地面に植木唐辛子、奴豆腐に唐辛子は」

つかみあいになる前に一九が、「まあ、堪忍しさっし。酔って他愛もねえ子だ」振り売りにあやまり、やがて、彼は土手に寝たおれた。

提灯をつらねた屋形舟や屋根舟が、簾の陰から三味線だの騒ぎ唄だの流す。漕ぎ進むこともできぬほど、川面は舟でいっぱいだ。

腹にひびく音をたてて、花火があがった。

漆黒の空は、一瞬、綺羅《きら》金襴《きんらん》の錦とかわった。

江戸の魂が細い火龍になってすらすらと空にのぼり、せいいっぱいのぼりつめて、どおんと大輪の花をひらき、無数の金の糸を蜘蛛手に投げかけ、どよめきと歓声があがるなかを、しずかに闇に消える。間をおかず、次の花が闇空を錦繍《きんしゅう》の衣にかえる。

二つ、三つ、四つと、花に花がかさなる。

彼の頭の下に膝を枕に貸し、

「私が見込んだ絵師だ。みごとに育つまで、蔦屋重三郎は、けっして、見放さぬ。旦那がそう言いなさったよ」

一九は、ささやいた。

火の玉が空にのぼり、音とともに八方に光をひろげた。

例年よりいっそう趣向をこらして、二丁町の曾我祭はにぎにぎしく終わったが、衣裳が華美であったことと、花山車《はなだし》や万燈を小屋の外までもちだして道をねり歩いたのが不届きだと、両座元の都伝内と桐大蔵、名主たちまで、みな、厳しい咎めを受け、以後曾我祭は禁止と言いわたされた。

六月半ばから、芝居は土用休みとなり、七月の盆狂言まで小屋を閉ざす。

そのあいだにも、幕府は、芝居者を増長させてはならぬ、他の町で並の町人同様の商いをさせてはならぬ、と新たに布令をだし、締めつけをきびしくした。布令の中で、幕府は、役者を河原者と呼び、人間以下のものと決めつける態度をとおし、人々にもその認識をもたせるよう、つとめた。しかし、人々の目には、役者は常ならぬ美と力の具現者である。

「その常ならぬうるわしさと力が、おまえの絵にはあるのだ。盆狂言も、描いてもらいますよ」

「人の買わねえ絵じゃあ、商いにならねえだろうが」

川風のはいる小座敷の、襖や畳に飛び散った墨の痕を、重三郎は、笑いをふくんだ目で見まわした。

「商いは、私のすること。おまえは、描けばよい。描くのは、嫌いではなかろう」

「ああ」

「おまえの絵の持つ力と毒っ気に、お江戸の人がすぐには馴染めなかったというだけのことだ。それだけ、おまえの絵が群を抜いていると思いなさい」

「おれァどうでもいいのさ。おれァ絵師じゃあねえもの」

写楽とやらいう絵師は、江戸の芝居を見たことがねえっス。

耳の底にある声を、

私が見込んだ絵師だ。みごとに育つまで、蔦屋重三郎は、けっして、見放さぬ。

もう一つの声が打ち消す。

「だが、描いているときは、おまえ、楽しそうだったよ。酒を呑むのも忘れて描いていた」一九が言った。

「ああ」彼は目を和ませた。「描いているときァ、成田屋も紀の国屋も浜村屋も、みんな、おれの手の中にいる」

おれァ、絵師じゃあねえもの。他人の気に入るようにァ描けねえの。

「楽しみなさい、存分に。それを、私が、世の人にひろめる。このようにすぐれた絵師がいる、とな。それを見出したのは、蔦屋重三郎。育てるのも、私」

重三郎の声は、弾んでいる。

あんなに悪口を言われても、蔦重の旦那は挫けちゃあいねえのだな。

おれによほど見所があるってか。

「盆狂言はな、見立で描いてもらいます」重三郎は言った。

「芝居は見ねえで？」

「初日の前に売り出し、芝居を景気づける。座元から、狂言の題目と役人替名を聞いてきた」

紙の束を、重三郎はひろげた。

「都座は、『傾城三本傘《けいせいさんぼんがさ》』。これは、不破と名古屋の鞘当てだ。衣裳と鬘《かつら》も、こまごま、書き留めてあります。桐座が、梅川忠兵衛と神霊矢口渡、木挽町は、先代萩と累《かさね》の綯《な》いまぜだ。そうしてな、次は趣向を変えます。東洲斎写楽の二番目新版似顔は、姿絵にしよう」

「姿絵？」

「大首絵は、充分に披露して、世間様の度胆《どぎも》をぬいた。あとは、ゆっくり、毒に馴染んでいってもらうよ」

おれに才があると、おめえさんは言う。おめえさんを信じて、おれァ描こう。

「及ばずながら、この一九、お傍にあってお手助け」

一九がおどけた。

「墨もすります。お肩ももみます」

「もむなら、わたしの肩をもんでおくれ」

と重三郎が、

「肩から腕にかけて、こう、しびれてならぬ」

「はい、はい」気軽に一九は重三郎の後ろにまわり、

「あまり根をつめなさるからでございますよ。写楽さん、おまえは按摩《あんま》はいらぬようだから、骰子《さいころ》の相手でもつとめましょうか」

「てめえ相手じゃ、博奕にならねえ。勝っても負けても、にこにこしていやがる」

「それじゃあ、泣こうか」

眉を下げてべそをかいてみせた一九の顔は、仮面を一枚ぺろりとはがしたように、彼には見えた。

十七

八月二十八日は、大川納涼の最後の夕である。川開きのときほどのにぎやかさはないけれど、この年最後の、名残の花火をたのしむ人々が、土手に群れている。

別宅の二階の座敷で、手すりにもたれ遠花火を見物しながら酒をくみかわす重三郎と一九の話し声が、うつらうつらした彼の耳にときどき入る。

彼は手すりの下に突き出した屋根の上に寝そべっている。酒で火照ったからだに、外の風が心地よい。懐から玉簪の頭がのぞいている。二つに折った片割れを懐にいれている。まだみれんがあるのか、と我れながら腹立たしいが、華麗な夢の名残が捨てられない。

両国橋の橋詰ほどではないにせよ、吾妻橋のあたりもたいそうな賑わいだ。

「あらあら、すべり落ちますよ」

と、一九の声。

「これで、手すりに結んでやりなさい」

重三郎が言い、一九が手すりを乗り越える気配だ。

「怖い、怖い。すべります」

薄目で見ると、一九は及び腰で、片手は手すりにつかまりながら彼に近より、あいた手で苦労して腰紐を彼の帯にとおした。

身動きしたはずみに彼の懐から落ちかけた簪を、一九はさりげなく押し入れ、

「怖い、怖い、落ちます。目がまわります。旦那、ちょいと、お手を貸しておくんなさい。手すりをまたぐのが、難儀で。あ、怖い怖い」

また騒ぎながら、座敷にもどる。

「近いうちに、廓に繰り出そうかの」

蔦重の声だ。行くものか、二度と。

「三座の座元の間でも、なかなか、評判が高いのだよ」

二番目新版の姿絵の話だな、と、思う。

苦労したっけな。

顔だけなら、自在に描ける。立ち姿となると、勝手が違った。一九がさまざまに着物を着付け、女方きどりで裾をひいたり褄《つま》をとったり、立役の心で借りてきた小道具の刀の柄に手をかけたり、姿態を真似してみせ、それを彼は、記憶に残る役者の姿とかさね、描いた。一枚仕上げるのにずいぶん手間がかかったが、楽しくもあった。

——鉄の野郎がのぞきにきたことがあったっけよ。

庭から入ってきて、縁先に立って、なんだかむやみにおっかない顔で、見ていたっけが。

おめえ、まだ、孔雀長屋にいるのか、と訊くと、うう、とうなずいた。

そんなら、嬶《かかあ》に、これをやってくんねえ。

懐にある銭のありったけを、鉄に渡した。画工料だとかいって、蔦重がくれた銭だ。飲み食いは蔦重がまかなってくれるし、描いているあいだは夜鷹買いにも鉄火場にも行かれないから、さしあたって、銭の使い道がない。

棹《さお》のいいのを買うのに使うのだぞ、と、固く言ってやってくれ。

あの女郎《めろう》、あんなべこべこの棹で、よくも、芸人だなんぞと、ぬかしやがる……。

おれが呑んじまうかもしれねえぞ、と、鉄の野郎、言ったっけが。

「評判が高えといって、悪いほうのじゃあごぜえやせんか」

おれに聞こえちゃあ悪いと、一九のやつ、声をひそめていら。

「悪かろうと、よかろうと、評判は評判。名が立つにこしたことはない。東洲斎写楽の絵は、前代未聞、おもしろい、こたえられぬ、という声も、ずいぶんと高くなっているのだよ。夏の二番目新版は、売行きもまずまず」

「それでも、二番目は、大首絵は取り止め、大判も雲母摺《きらずり》も少なくて、ほとんど、合判やら細判。前のが評判が悪すぎたからじゃあござせんか」

「大首絵は華美にすぎるゆえ、つつしめと、行事をつうじてお奉行所のご意向だ」

「ご改革のご趣旨は、あい変わらずでございますねえ」

「何、いずれ、風向きは変わろうよ。東洲斎写楽の大首絵は、大田南畝先生やら司馬江漢先生などには、たいそうお褒めをいただいたが、世間様の御意にはかなわなんだ。わたしも、二度続けての大首絵は趣向がなさすぎると思案してな、姿絵にした。それがよかったようだ。やがて、世間様も、写楽でのうては、味気ないとなるさ」

「そうなりましたら、名乗りをあげても？……成田屋の旦那なんざ、おさまらねえだろうなァ」

「ところで、此方《こなた》の戯作の筆は、すすんでいるのかえ」

「お守りで、手が一杯で」

一九は、ふいに言葉を切り、「旦那」切迫した声で叫んだ。

起きなおった彼の目に、畳にくずれ落ちる重三郎の姿がうつった。

十八

九月十三夜の月を、後《のち》の月見とも、栗名月ともいう。

十五夜の月見をしたら、かならず、九月十三夜の月見もしなくては縁起が悪いと言いならわされている。おかんの子分は孔雀長屋に集まってきて、井戸端に棚をおき、衣かつぎだの栗だの枝豆だの芒《すすき》だのをそなえた。

満月に少しみたない月の面を、雲が走る。

「後の月見に洗わぬ芋を」と、三味線をまじえて、歌になる。

おかんの新しい棹は、はりのあるいい音をだす。

「肌が悪いと名たててたもるな
都女郎衆の衣《きぬ》かつぎ
だれか浅草　浅いとおしゃる

さこそ深川……」

「深いぞ、深いぞ」

と囃《はや》して、春朗が枝豆に猿臂《えんぴ》をのばす。

ここでは、だれも春朗の雅号は知らず、本名の鉄蔵でとおっている。

「こう、鉄、只見の只食いか。おれたちが苦労して集めてきたお供えだ。てめえも、酒の一升も工面してこい」

「酒なら、ほれ、角樽《つのだる》がくるぜ」

酒屋の小僧に角樽をもたせ、蔦屋の大番頭与兵衛がやってくるのが、春朗の目にとまったのだ。

「おおい、酒なら、こっちへよこしな。とんだひょろりの瓢簞《ひょうたん》だ」

「ようやく……」やれやれという顔で、与兵衛は腰をたたいた。

「道がわからず、難儀しました。たいへんな所に住んでいなさる」

女たちの視線を避け、

「ご足労だがな、春朗さん、からだがあいているなら、蔦屋の見世にもどってはくれませんか」

「あいてねえよ。これから、大《おお》すっちゃんのてけどんどんだ」

春朗は、小僧の手から樽をとった。

「たのみますよ。旦那様からのことづてに、耳を貸してください」

「旦那ァ、花川戸で寝たっきりだろう」

「はい、まだ、口もきけぬありさまで」

「それじゃあ、おれが行ったって、わかりゃあしねえ」

「だから、わたしが申し継ぎます」

「ここで言いな」

「ここでは、あまり……」

「そんなら、こう来な。ついそこが、おれのご本丸だ」

油障子をひき開けようとすると、つかえてなかなか開かない。

春朗は、隣のおかんの住まいから入って、壁の穴を抜け、紙屑を踏みつけ、己が住まいの土間に立った。そこも紙反故《ほご》やらごみくずが何寸も積み重なっている。敷居の上に草紙や木端《こっぱ》や空き箱がなだれ落ち、戸にしんばりをかけたようになっているのを、足の先でどけ、

「入《へ》えんな」

春朗は戸を開けて招いた。

反故をかきわけて板の間に座ろうとする与兵衛に、

「そのまま、上に座ったほうがいいよ。どけると、床板がささくれているから、刺が

ささる」春朗は忠告した。

「重々、詫びいります」

与兵衛は這いつくばって深々と頭をさげた。

「旦那様もな、けっして、こなさんをかろんじていなさったのではない。つい、言葉のはずみだ。どうぞ、機嫌をなおしてな、蔦屋にもどってきてくださいよ」

「よほど、おまえさんも、やきがまわったね。どのように病んでいようと、蔦重の目ァ狂わねえっサ。おまえさんの魂胆は、何だえ」

「そう、つむじをまげずと、聞いておくれ。本来なら、旦那様がさげる頭だが、知ってのとおり、夏に倒れなさってこのかた、枕があがらぬ。かわりに、わたしが、このとおりだ。わたしの言葉は旦那様の言葉と思い、了見してくだされ」

もう一度頭をさげてから、

「昨日、顔見世の世界さだめが無事にすんだそうな」と、与兵衛は言った。

歌舞伎の正本は、〈世界〉と〈趣向〉の混ぜあわせという、特殊な作り方がある。世界というのは、時代物であれば、曾我物語とか、義経記とか、太平記とか、世話物であれば、八百屋お七とか、だれもがよく知っている有名な物語である。

登場人物も、お馴染みの英雄や美女だ。

その、よく知られた物語をもとに、自由奔放に話を組みかえ、新しい物語を創るのが、作者の趣向である。

助六実は曾我五郎、白玉売り実は曾我十郎、場所は吉原といった具合だ。

十一月の顔見世は、その後の一年の座組を披露する大切な舞台だから、世界さだめも、仰々しくなる。

九月十二日に、立作者、座元、立者《たてもの》などがつどい、談合して世界をさだめるのだが、結果をしたためた書付は神棚にあげ、お神酒をそなえ、十月十七日の寄り初《ぞ》めに公にするまで、外にもらさない。

かくすことで、好奇心をあおり、期待を高めさせるのである。

寄り初めの日から、大々的に広告《ひろめ》をはじめる。

「このたびは、狂言作者に、上方からあの並木五瓶《ごへい》さんを招いた。役者も仁左衛門と中村のしお、山下金作が下ってきます。寄り初めのひろめにあわせて、景気づけに、役者絵の売り出しを三座からたのまれた。もちろん、世界も趣向も聞きました。鶴屋も和泉屋も、同じたのみをうけ、いっせいに売り出します。あちらは、春英さんやら若い豊国やら、売れる絵師をかかえているが、うちの手駒は」

「写楽」と、与兵衛は、吐き捨てた。

「蔦屋を助けると思って、手を貸しておくれと、旦那様からのたのみです」

「旦那の口から、言ってもらおうよ。別宅で養生していなさるのだね」

会いに行くというそぶりを彼がみせると、与兵衛はうろたえ、手を振った。

「いや、旦那様は、だれにもお会いなさらぬ。医者どのに、とめられている」

「おまえさんひとりの才覚だな。おれに描かせようというのァ。そのくれえ、わからいでかよ。おれがな、写楽を超える役者絵を描いて見せねえかぎり、旦那が、おれに頭をさげることァ、ねえわさ」

「それゆえ、旦那様が頭をさげずにはおられぬような役者絵を、描いておくれと」

「ハハ、やはり、おまえさんの小細工だ」

「少しは、わたしの立場も察しておくれよ。旦那様が倒れたとなったら、左前の蔦屋の采配《さいはい》をふるのは、この、わたし。旦那様は、あのお菰あがりをたいそう贔屓《ひいき》にしていなさるが、ありゃァ旦那様のきついお眼鏡ちがい。やはり蔦屋の錦絵は、おまえさんのような、まっとうなお絵師でなくては」

「おれの口から言いたかァねえが、役者絵だけァ、おれァ、あいつに、しみしんじつ、かなわねえの。だから、おれァ、役者絵の筆ァ、断った」

　春朗の、あとの言葉は、ひとりごとになった。

「おれァ、おれの他にァ描けねえ絵を……」

十九

十月に、またも、奉行所は、芝居取締りの布令をだした。

役者の給金が高すぎるから、興行がなりたたないのだ、というのが幕府の見解で、給金の最高額を五百両としそれ以上払ってはならぬとか、表方の人数は何人までとか、細かく規定した。

「好きな酒をばやめろじゃないが」

彼は台所をさがしまわる。流しの下に大徳利をみつけだし、笑顔になった。

「茶碗酒をば、やめさんせ、と」

ありあわせの茶碗に注いで、きゅっと呑む。

その茶碗を、

「うぬァ、また」

うしろからのびた手が、とりあげた。

「何しやがんでえ」

「酒は晩酌に一合、と決められているだろうが」

左五郎が、仁王立ちになっていた。

「来い」腕をつかんでひきずる。

「痛えなァ。大事にしろ。腕ェ傷めたら、版下は描けねえよ」

「おまえがぐうたらだから、寄り初めどころか、初日にもまにあわぬではないか。早く描きなさい」

別宅は、重三郎が、倒れてからそのまま寝間に使っているので、蔦屋の納戸が、彼の画室にあてられている。

窓のない小部屋の壁には、三座の狂言の名と役名、役者の名、家紋を記した紙片が、ずらずらと張り並べてある。六十枚はある。描き終えた印に、名の上に墨の筋がひいてあるのは、十枚足らずだ。

敷きのべられた細判の紙の前に彼が足を投げ出すと、左五郎は、書見台をひきよせ、読書をはじめた。

描きなやむ彼に、督促するような目を投げる。

「まだ、仕上がらないのかい」

与兵衛が顔をのぞかせ、彼の前にすわりこんだ。

「ほかの版元では、とっくに摺りはじめていますよ。おまえがぐうたらべえなおかげで、うちは遅れをとってしまった」

「居催促かよ。雁首いくつならべたって、描けねえものァ描けねえよ」

「なぜ、描けないのだ」

なぜなのか、彼はうまく言葉にできない。

大首絵を描いたときは、からだに染み込んでいるものがあふれでて、おのずと形になったというふうだった。

これでいいのだ、と、蔦重は言った。

売れなかったけれど、それは世間様がおまえの絵になじんでいないだけだ、じきに、写楽でなくては味気ないと言われるようになる、と、旦那は平気だった。

売れなくたって、おれァかくべつ困りはしないけれど、おまえの絵が好きだと言ってもらえるのァ、嬉しいの。おれの描いた役者絵を、好きだから、と、銭を出して買ってくれる客がいると、まるで、惚れた女に、おまえがまるごと好きだ、と言われたみてえに嬉しいの。

旦那は、おれを魂《たませえ》ごと掬《すく》いあげるみてえに、おまえの絵はいい、と言ってくれなさった。

「なぜ、描けぬ」

繰り返す与兵衛の声が、いっそう荒くなった。

一つだけ理由を思いつき、

「上方くだりの役者なんざ、おれァ見たこともねえ。知らねえ顔が描けるか」

彼がわめいたとき、一九が、数枚の錦絵をひらひらさせて入ってきた。

「いいものが手に入ったよ。くだりののしおの弟子からもらってきた。上方役者は、わたしはまんざら知らない仲じゃあないからね」

「上方で売り出された役者絵か」

「これが、中村のしお。こっちが山下金作だ」

「これは、一九さん、お手柄だ。よいお手本だ。な、写楽、これをなぞって描きなさい。そうしてな、これまでと趣向を変えましょう」

与兵衛は、懐から役者絵をだして、一九が持参した絵とならべた。

「春英さんだ。けっこう売れているようだ。うちも、この手でいきましょう。このように、大道具まで描き入れてな」

不機嫌と困惑をむきだしにした彼に、

「旦那様のお指図だよ」与兵衛は押しつけた。「役者絵というものはな、芝居を見られないお人がたが、かわりに見て楽しむ効用もあるのだよ。な、このように、大道具まで描いてあれば、ずいぶんと、芝居を見物している気分になるではないか。いそいでおくれよ」

「旦那が、この絵をまねろと言いなすったのか」

「そうですよ」与兵衛は力をこめた。「旦那様は商い上手。おっしゃるとおりにすれば間違いないのだ」

そうして、つづけた。

「これが売れなかったら、蔦屋は、つぶれます。おまえの大首絵に蔦屋の身上をつぎこんだのに元がとれず、旦那様の養生のかかりさえ、難儀しておいでなさるのだよ」

おれの描く絵が、少しでも旦那の役に……、たつわけァねえわ。売れる絵を描かねえじゃあ、薬代にもならねえ。

もし、旦那が、どうでも人まねをしろと言いなさったら……。

「一度、旦那に……」

「描き上がるまでは、旦那様は会いなさらぬ」

与兵衛はきっぱり言った。

「本当か。旦那が、おれに会わねえと……」

「一刻も惜しい。はやく仕事にかかりなさい。ムム。早仕事の手を教えましょう」

与兵衛は、描き上がっている絵の上に美濃紙を敷き、

「このように、写し描きしてな、鬘を変えてな。袖を、こんな具合にすれば、別の絵

になる。顔は、おまえ、得意だろう。一九さん、手を貸してやっておくれ。このぞろっぺえが一人ではとても間に合わない。版下をすべて描きあげるまでは、酒はもちろん、女買いもさいころいじりも、なりませんよ」

「目をはなさぬようにな」と左五郎に言いつけ部屋を出ようとする与兵衛の前に、彼は立ちふさがった。

「本当に、旦那が、手抜き仕事をやれと言ったのか」

「手抜きと言っては言葉が悪い。お客はな、おまえの悪く似せた絵など、欲しがってはいない。春英さんたちのようなきれいな役者絵をお望みなのだよ。旦那様の言葉にそむく絵師は、うちでは、いりません。一九のほうがよほどましな絵を描く。おまえがいやなら、この仕事は一九さんに」

語尾をのんで、与兵衛は身をひいた。なぐりかかる気配を、彼がみせたのだ。

廊下を彼は駆け出した。

「これ、どこへ行く」

「河岸に女郎買いによ」

捨てぜりふを残して、走り出て行くのを見送り、

「どうにも、手がつけられぬ。一九さん、残りをたのむよ。京伝先生の挿絵もまかされているおまえだ。あのお菰上がりより、どれほど頼りになるかしれない。あ、まち

がえてはいけません、落款は、写楽だよ」

一九は、笑顔でうなずいた。その底ににじむ寂寥を、彼がいれば見抜いたのだろうが。

馬喰町を走り抜け、浅草橋を渡り、茅町、御蔵前、黒船町、諏訪町、駒形町と、彼は、ひた走りに走った。

旦那が、おれに会わねえと……。そんなことを言いなさるはずァねえ。

「私が見込んだ絵師だ。みごとに育つまで、蔦屋重三郎は、けっして、見放さぬ」

旦那がそう言いなさったと、一九から聞いた。おれァ酔いつぶれちゃあいたけれど、その言葉は、耳から肚《はら》にまで流れ入った。

同じような言葉を、じかに聞いてもいる。

「おまえの絵の持つ力と毒っ気に、お江戸の人がすぐには馴染めなかったというだけのことだ。それだけ、おまえの絵が群を抜いていると思いなさい」

「役者の、常ならぬうるわしさと力が、おまえの絵にはあらわれているのだ」

「商いは、私のすること。おまえは、描けばよい」

だから、おれァ、描ける絵を、描いた。

それでも、もし、いま、旦那がとことん困っていなさって、「とんぼ、気にそまぬだろうが、今だけは、辛抱して、この土壇場を切り抜けるために、手抜き仕事をやってくれ。写し描きで、お茶をにごしてでも、いそいで仕上げてくれ」そう言いなさるのなら、おれァやりますよ。そこまで旦那が困っていなさるのなら。おれにできるだけのことァする。そうして、旦那が元気になりなさったら、また、おれに東洲斎写楽の大首絵を描かせてくれるね。思いっきり墨はねとばして、好きな役者絵ェ、描かせてくれるね。

花川戸の蔦屋の別宅にたどりついたときは、息があがり、目がくらんだ。

声をかけても、門前払いになりそうだ。柴《し》折戸《おりど》をあけて、庭にまわった。

植え込みの陰から、座敷をのぞいた。

縁側と座敷のあいだの障子が閉まっていた。

彼が、東洲斎写楽の版下絵を描きに描いた座敷だ。障子には、墨の飛沫の痕が、残っていた。

彼は、そっと歩み寄り、障子を細く開けた。

隙間に目をあてると、夜具をかけて横になった姿があった。

「旦那」

ひそめた声をかけた。

身じろぎもしないので、少し声を強めた。

「旦那」

畳にも襖にも、墨の痕が散ったままだ。

枕元にたてられた袖屏風に、〈成田屋の竹村定之進〉の大首絵が貼ってあった。東洲斎写楽の落款がはいった大錦だ。黒雲母の地つぶしの中から、蝦蔵が、底光りのする姿をあらわしている。

彼は、障子を三寸ほど引き開けた。

「旦那」

顔は縁側の方をむいている。夜具から投げ出された腕は、妙な具合にねじれたまま、動かない。転がされた木像のようだ。背筋を悪寒が走った。

がらりと障子を開けた。

「旦那」

黒く開いたままの口の、ゆるんだ唇の端から涎《よだれ》がこぼれ、枕を汚していた。目は鉛玉をはめこんだようで、何もうつっていないように見えた。

彼は、冷飯草履を脱ぎ捨て、縁にあがろうとした。

「だれかいるのかい」

奥の襖が開いて、さとが入ってきた。

「だれだい。あ、おまえ……。何の用だい」

「旦那に話が……」

「旦那様は」さとはきびしい表情で首を振った。

そのとき、重三郎の目が、彼にむかって、わずかにまたたいたような気がした。

重三郎の声を聞いたと思った。

なにも、してやれぬ。

おれも、おまえさまに、何も……。

「出ていっておくれ」

さとは追い立てた。

彼は、庭に下り、柴折戸を出た。

去りぎわに、屋根に目を投げた。帯で腰を結び、寝そべって花火を見ていた屋根だ。

やがて、世間様も写楽でのうては……。

一升徳利の首に結んだ縄をひきずり、彼は、孔雀長屋に戻ってきた。

戸を開ける。

しんばり棒はなく、簡単に開いた。

中は、人気《ひとけ》がなく、暗く、冷たく荒れ切っていた。隅に、硯箱が残っていた。

水甕も空だ。

徳利の残り酒を硯に入れ、すった。

とんぼ……と言いかけたおかんの口を、春朗が、手でふさいだ。

春朗の住まいで、ずるずると、いっしょに暮らしている。

ほとんど見捨てていた自分の住まいに、人の気配を感じて、おかんは、壁の穴からのぞき見たのだ。春朗も、並んでのぞいた。

彼は、太い筆に、たっぷり墨をふくませた。

引きはがされ焚き物にされた残りの、ささくれた床板に、穂先をぐいと下ろした。

シンにかかって決めるときァな、目を半眼に伏せるのを忘れるな。まちがっても、目ェむいて見得をするんじゃねえぞ。

かっと見開いた目を、彼は、描く。

檜舞台の屋根の上で、

「いやぁッ」

肚の底からのかけ声。

燈籠にむかって、返り落ち。

無限の空間を、弧を描いて切り裂き、江戸のど真ん中に、ひとり屹立した、無名の筋斗《とんぼ》役者。

その顔を、床いっぱいに、一気に描いた。

〈東洲齋寫樂画〉と落款を記した。

ふところの、半分折れの簪《かんざし》をにぎりしめ、髷《まげ》の部分に突き刺した。

土間にたてかけてあった鉈をとり、振り上げる。

返した峰で、静かに、激しく、右腕をぶち折った。

春朗は、おかんの肩に手をおいてから、帯をしめなおし、黙って長屋を出た。

二十

寛政九年。

五月雨の合間の澄んだ空の下を、通油町から出た葬列が行く。

先供《さきとも》に立った所化《しょけ》衆の読経が流れる。

黒い単衣のさとが、位牌を抱いて歩む。

柩の両脇に、ひたと寄りそって進むのは、山東京伝と喜多川歌麿である。
一九、左五郎、春朗もつきそっている。
左五郎は、曲亭馬琴の筆名で黄表紙に精を出し、春朗は、北斎宗理と雅号を変えた。

一九も、自画をそえた黄表紙をだしている。

成田屋は、去年の顔見世に相馬太郎良門を一世一代でつとめた後、舞台を退き、隠棲した。


上方から江戸に戻った俵蔵は、都座で作者三枚目の地位にいる。鶴屋南北を襲名し、江戸で作者は南北といわれるほどになるのは、まだ数年後のことだ。


浅草正法寺にむかう葬列は、浅草橋の橋詰で、にぎやかな歌声とすれちがった。

「はいよ、名物、孔雀太夫の手踊り参上」

すりきれ、破れ、ぼろぼろだが、色だけは華やかな衣裳の女たちだ。

なかに、女姿の男がいて、左手の杖をかろやかにあつかい、たくみに踊りながら行く。


男のからりとした歌声に、のどに傷のある女が三味線をあわせる。はりのあるいい音色だ。

「お気に召したら、千両、万両……」

にぎやかな歌声と葬列の読経は、一瞬まじりあい、たがいに遠ざかる。

単行本版あとがき　映画『写楽』と小説『写楽』

一昨年——平成四年——葉月も末の夜、かかってきた一本の電話によって、私は、思いもかけず、写楽と結ばれることになったのでした。そのときは、これほど嬉しい、心はずむ仕事になるとは、予想もしませんでした。

電話をくださったのは、以前お会いしたことのあるテレビのプロデューサーTさんで、

「写楽の映画をつくろうとしている。監督は篠田正浩さん。主演はフランキー堺さん。皆川さんにはシナリオを書いてほしい」

と、いうお誘いでした。

私は、めんくらいました。若いころは、早朝割引で映画館にとびこみ、夕方までめぼしい映画館を梯子《はしご》してまわる、という映画狂いでしたし、シナリオを読むのも、戯曲や小説を読むのと同様、好きでしたけれど、書いたことは一度もなかった、書けると思ってもいませんでした。

それでも、本職の小説を書いているとき、場面がまず絵になって浮かび、文字で書くより、映像にするほうが、この場面はいいな、と思うことがしばしばあり、——映

画をつくりたいな——というのは、不可能と承知の夢でした。
それにしても、あまりに突然のお話でした。写楽の研究家は多いのに、なぜ、私に？

そのときまで、私は、写楽にあまり関心はなかったのです。
写楽とはだれか、という推理研究が、これまでに、実に数多い方によってなされています。

写楽の絵には惹かれても、その素性が、能役者斎藤十郎兵衛であろうと、歌麿であろうと豊国であろうと、蔦重とその仲間の合作であろうと、べつだん、興味はないままに過ごしてきていました。

皆さんで、いろいろ話し合って、それを私がシナリオの形にまとめるのだろうか、それなら、専門のシナリオライターの方のほうが、適任ではないかしら、どうして、私に白羽の矢がたったのだろう、と、不思議に思いながら、翌月のはじめ、指定された会合の場所に行ったのでした。

篠田監督とフランキー堺さん、そうしてTさんが、先着して待っていてくださいました。

篠田監督、フランキー堺さんとは、初対面で、それでなくてもあがり性の私は、あがりまくってしまい、

「あ、篠田さん、ＡＴＧでお撮りになった『心中天網島』すごく好きです。フランキーさんの『幕末太陽伝』とってもおもしろかったです」と、舌ももつれて、しどろもどろ。

そのとき、写楽を素材にした映画をつくることが、フランキーさんの、二十数年来の宿願であったということを、うかがいました。

気運が満ちて、ようやく、実現のはこびとなった、というのでした。

シナリオを書く大役に私を選んでくださったのは、篠田さんだそうです。

「皆川さんの『みだら英泉』を読んで、写楽のシナリオも書ける、と思ったから」

物語の書き手にとって、これほど嬉しい言葉はありません。

この場にくるまでは、及び腰だった私が、とたんに、やる気になりました。

それにしても、〈写楽〉はむずかしい……。

「好きなように書いてください」

三人の方が一致してそう言ってくださいました。

その場で話題になったのは、蔦屋重三郎が、プロデューサーとしていかに優れた人物であったか、ということが主でした。江戸の出版文化を、蔦重は動かした。蔦重を描くことによって、江戸を描くことができる。そんなふうに、篠田さんは言われたと思います。

肝腎の写楽は、ほとんど話題にのぼりませんでした。どういう人物だったのか、実像はまったくわかっていないのですから、話題にしようもなかったのでしょう。

その像を、つくりあげるのが、私に課せられた仕事です。

怖くなりました。

小説なら、うまくいかなくても、私ひとりのことですみますけれど、映画は、周囲におよぼす影響が甚大です。

シナリオは、いわば、土台造り。あるいは設計図。どれほどスタッフの方たち、役者さんたちが、立派な仕事をなさっても、土台が悪かったら、がたがたになってしまう。

それでも、映画には素人の私を信用して、最初の土台造りをまかせてくださったということが嬉しくて、帰宅するや、ワープロのスイッチをいれました。

家に帰り着くまでのあいだに、一つ、思い決めたことがありました。

〈写楽〉は、〈写楽〉だ。

ということです。

写楽の正体について、これだけ各人各説があり、互いに否定しあっているのですから、絶対的な証拠はないわけです。

写楽の研究書は、状況証拠をいろいろ勘案して、写楽はこの人とあぶり出す、そのベッド・ディテクティブのような過程に興味があるわけですが、映画のおもしろさは、他のところにあります。

　ほぼ二時間前後の物語の中に、一つの世界、一つのドラマを作らなくてはなりません。

　まったく無《む》名《めい》の人間が、わずか十ヵ月のあいだ、写楽として、不思議な力のある役者絵を描き、ふたたび無名の闇に消えた。

　この無名の人間に、物語の命を注ごう。そう、私は決めました。

事実の探究ではない。二時間の、映像世界のなかでの真実を描こう。

さいわい、浮世絵師英泉を書き、鶴屋南北を書き、吉原を素材にした物語も書いているので、浮世絵、芝居、廓などに関する基礎知識は多少ありました。

他の浮世絵はいっさい描かず、（相撲絵が少々ありますが、私は、あのみごとな大首絵を描いた〈東洲斎写楽〉とは別人と思います）艶本春画も描かず、役者の真を描き出すことにのみ徹した絵師です。芝居になんらかのかかわりがある者、とせずにはいられませんでした。

　そこまで考えても、その先は白紙です。

写楽の顔が見えない、どんな人間かわからない、と、数日、呻吟していました。

突然、紅い渦が、脳裏に浮かんだのです。

何だろう、と思っていると、それが、女乞食の群なのです。色は派手だけれど、ぼろぼろの着物、長襦袢のままのもいます。

べこべこの三味線を掻き鳴らし、正月でにぎわう日本橋の通りを、歌い踊りながら進んで行く。

その中に、女の恰好をした男もまじっている。足が悪いのか、片足をひきずりながらだけれど、軽妙で達者な踊り。

あ、ここに、私の写楽がいた！

そう、閃いたのです。

芝居者が、どうして、女門づけの仲間に？

そのとき、視《み》えたのが、黒雲母《くろきら》摺《ずり》の空間でした。

下から逆立って飛び上がる足。

鮮やかな空中回転。舞台に、とんと下りる。

背景は舞台の書き割りになる。出し物は『蘭平物狂』。立役者は、五代目市川団十郎。舞台は花形役者のもの。稲荷町にはだれも目もくれぬ。

と、ト書きからはじまって、シナリオは、はずみをもって動き始めました。遅筆の私にしてはめずらしく、一気に書き上げることが出来ました。憑かれたような気分でした。小説を書いているときも、たまに、こういうことがあります。自分で考えながら書いているというより、登場人物につき動かされて、書かずにはいられない、というふうに筆が進むのです。いつもそうであれば、楽なのですが、めったにありません。

映画のシナリオを書いているのよ、と、角川書店の担当編集者、豊嶋和子さんに話しました。雑談だったのですが、豊嶋さんは、即座に、「それ、小説にもしてください。映画のノベライズではなく、小説として、書き込み、彫り込んだ、読みごたえのあるものを」と、言われたのです。

豊嶋さんは、いつも積極的に資料をそろえたり取材の手筈をととのえたりしてくださる熱意のある編集者でしたが、映画のクランクイン前に、急逝されました。

豊嶋さんのあとを引き継いだ若い編集者河野恵子さんも、先輩に劣らぬ熱心さで、終始、ゆきとどいた心配りをしてくださいました。

私のオリジナル・シナリオに、さらに、篠田監督とフランキー堺さんが映画の専門家の目で脚色をくわえてくださり、その部分の執筆は、片倉美登さんがなさり、シナリオの決定稿が完成しました。オリジナルでは、そうして小説でも、簪《かんざし》が重要な小道具になっていますが、映画では、猫が、その役割をになっています。黒いしなやかな猫の動きは、映像の中でたいそう効果的でした。これは片倉さんのアイディアだそうです。

映画の制作が進行するあいだに、私は、小説『写楽』にとりかかりました。

最初に映画のためのシナリオを書き、それをもとに、書き込み彫り込んで小説を書く。これも、はじめての経験でした。

小説はオリジナル・シナリオをもとにしていますが、写楽第三期の作品と一九の関係などは、脚色のさいの篠田監督のお考えを、ご許可を得た上で、使わせていただきました。

映画『写楽』は、映画館で大画面を見ていただきたいのです。実に、熱のこもった、そうして快いリズムのある大作です。

ロケを見に行きましたが、文章で描いた人物が、実際の肉体をもって立ち上がる現場は、原作の書き手にとっては、言い知れぬ感動がありました。

お一人お一人のお名前はあげきれませんが、スタッフ・キャストのすべての皆さんに、深謝いたします。そうして、小説『写楽』の企画をたててくださった故豊嶋さん、あとを引き継いでくださった河野さん、ありがとうございました。

解説

日《くさ》下《か》三《さん》蔵《ぞう》

本書『写楽』は、一九九四（平成六）年十二月に角川書店から刊行された皆川博子の書下し時代長篇の、実に発表から二十六年目にして初の文庫化である。

二〇一三年から一七年にかけて、二期十巻を刊行した出版芸術社の《皆川博子コレクション》は、文庫化されていない単行本を復活させる目的で編集したもので、長篇八冊、連作を含む短篇集八冊を復刊することが出来たが、それでも、まだ長篇二冊、短篇集二冊を収録しきれなかった。そのうちの一冊が、この『写楽』だから、今回の文庫化は本当にうれしい。

コレクションに入らなかったのは、作品が不出来だったからでは、まったくなく、（後述するように）かなり複雑な成立過程を持った長篇であるため、同時収録すべき作品が見当らずに浮いてしまった、というのが唯一の理由である。

ミステリ大作『死の泉』（97年10月／早川書房）が高い評価を得てからは、海外の歴史的な事件に材を採った骨太な大河ロマンを伸び伸びと発表している皆川博子だが、それ以前は国内を舞台にした推理小説・幻想小説と、歴史小説・時代小説が主なレパートリーであった。

皆川時代小説を大まかに分類すると、三つの作品群に分けることができる。

一つは史実や歴史上の人物に材を採った重厚なドラマで、単行本デビュー作の児童向け時代小説『海と十字架』（72年10月／偕成社）、そのテーマを深化させて直木賞候補となった『夏至祭の果て』（76年10月／講談社）、戊辰戦争の悲劇を描いた『会津恋い鷹』（86年9月／講談社）、浄土真宗の高僧・蓮如を巡る女たちのドラマ『乱世玉響《たまゆら》』（91年1月／読売新聞社）などが、これに当たる。

二つ目は歌舞伎、芝居、浮世絵など芸の世界に身を置く人にスポットを当てた作品で、直木賞を受賞した『恋紅』（86年3月／新潮社）とその続編『散りしきる花』（90年3月／新潮文庫）、女形・澤村田之助の鬼気迫る生涯を描いた『花闇』（87年8月／中央公論社）、出雲阿国に拾われた少女の数奇な運命を描く『二人阿国』（88年8月／新潮社）、浮世絵師・渓斎英泉を主人公にした『みだら英泉』（89年3月／新潮社）、戯《げ》作者《さくしゃ》・鶴屋南北と歌舞伎役者・尾上松助の若き日の姿を描いた『鶴屋南北冥府巡』（91年2月／新潮社）といった作品がある。

三つ目は奔放な空想力を解き放った伝奇ロマンで、岡田嘉夫氏とコンビを組んだ幻想小説集『絵双紙妖綺譚　朱鱗《うろこ》の家』（91年9月／角川書店）と中国古典を大胆にアレンジした『みだれ絵双紙　金瓶梅《きんぺいばい》』（95年3月／講談社）の二冊を筆頭に、南北朝時代を背景とした伝奇絵巻『妖櫻記』（93年3月／文藝春秋）、平将門と藤原純友の乱を描く『瀧夜叉』（93年12月／毎日新聞社）、今川一族の興亡を描いた大作『戦国幻野』（95年9月／講談社）、江戸、長崎、八丈島、小笠原諸島に展開する冒険活劇『笑い姫』（97年3月／朝日新聞社）などがある。

現在、これらの時代小説のうち、『花闇』『みだら英泉』『妖櫻記』は河出文庫で、『二人阿国』『鶴屋南北冥府巡』『みだれ絵双紙　金瓶梅』は出版芸術社《皆川博子コレクション》で、それぞれ読むことができる。

本書『写楽』は、第三の系統に属する作品と言えるだろう。初刊本の「あとがき」にあるように、もともとは劇場用映画の脚本として依頼されたものを、著者が改めて小説化した、という成り立ちを持っている。いわゆるノベライズではなく、シナリオ版と小説版が互いに独立した双子のような関係なのだ。

そもそも脚本を書く作家自体が少ないので、こうした特殊な作例は、ほとんど聞いたことがない。連続テレビドラマ「スパイキャッチャーJ3」のためのシナリオをベースに都筑道夫が大人向けに連載したスパイ小説『暗殺教程』が、わずかに思い浮かぶ程度だ。

ちなみに、あとがきに（シナリオを）書いたことは一度もなかった、とあるのは映画の脚本に限った話で、実際には児童劇の脚本をいくつか手がけている。確認できた限りでは、最初の単行本『海と十字架』の刊行に先駆けて、一九七二年一月に「風の王子とツンドラ魔女」（劇団新児童）が朝日生命ホールで上演されている。これは同劇団のシナリオコンテストに投じて入選したもの。

九一年一月には「妖精パックの冒険」（劇団新児童こども劇場）が、やはり朝日生命ホールで上演されており、こちらは依頼を受けて執筆したものだろう。九二年に映画「写楽」のシナリオを引き受けたのは、これらの経験あってのことと思われる。それにしても、『みだら英泉』を読んで、この人はシナリオが書ける、と見抜いた篠田正浩監督の慧眼、恐るべしである。

フランキー堺の企画総指揮による映画「写楽」は、九五年二月四日に公開された。キャストは、とんぼ（東洲斎写楽）に真田広之、蔦屋重三郎にフランキー堺、おかんに岩下志麻、花里に葉月里緒菜、幾五郎（十返舎一九）に片岡鶴太郎、喜多川歌麿に佐野史郎、鉄蔵（葛飾北斎）に永澤俊矢、松平定信に坂東八十助、大田南畝に竹中直人、市川團十郎に中村富十郎という布陣であった。

スタッフとして、衣装デザインと時代考証で舞台美術家の朝倉摂が参加している。

皆川博子は、後に朝倉摂の舞台を扱ったノンフィクション『摂、美術、舞台そして明日』（00年9月／毎日新聞社）を書いており、この映画に両者の接点が垣間見えるのも興味深いところだ。

この作品は、大竹直子によってマンガ化されている。角川書店の少女マンガ誌「ミステリーDX増刊 歴史ロマンDX」の九五年春の号、初夏の号、初秋の号に三回にわたって掲載され、九六年三月に角川書店から「ASUKA COMICS DX」として刊行された。同レーベルとしては珍しく、ハードカバーの単行本である。これは大竹直子の初めての単行本でもあった。また、二〇〇七年十一月には大竹直子のオリジナル短篇「元禄蝶々伝」を併録して、小池書院からA5判ソフトカバーで再刊された。

マンガ版に寄せられた皆川博子の「あとがき」の全文は以下の通り。この文章は小池書院版にも「あとがき（角川版の出版によせて）」として収録されている。

『写楽』が、大竹直子さんの手で、まんがになりました。わァ、写楽も歌麿も美形だ！

『写楽』は、最初、映画のシナリオとして書きました。生まれて初めてです。シナリオは。楽しい仕事でした。小説を書くのに、視覚型の人とそうじゃない人があるそうですが、私は視覚型で、まず、情景が絵のように浮かび、それを文章にしていきます。だから、シナリオも書きやすかった。

決定稿は、篠田監督やフランキーさんのお考えも入り、初稿とはだいぶ違ったものになりました。小説『写楽』は、初稿をもとにしています。

大竹さんは、映画と小説の両方をたくみにまぜあわせて、まんがとして再構成し、とてもおもしろい作品にしてくださいました。

歌舞伎って、興味のない世界ですか?

綺麗ですよ、すごく。

『花組芝居』という劇団が、歌舞伎に現代のテンポをとりいれて、ミュージカルみたいな楽しいおもしろい舞台をつくっています。そう、歌舞伎って、歌あり、踊りありの、ミュージカルなんです。

映画『写楽』も、歌舞伎に興味のない方でも十分に楽しめるように作られました。

まんが『写楽』は、歌舞伎独特の言葉などには注をつけ、たいそうわかりやすくなっています。まんが『写楽』を読んだ後なら、本物の歌舞伎の舞台もわかっちゃう……だろうと、思います。

大竹直子氏の「あとがき」はさらに長いので、皆川作品との関わりを述べた箇所だけご紹介しておくと、「三世澤村田之助の物語『花闇』で先生のファンになった私は、先生の『こわい・妖しい・美しい』世界に、どっぷりつかっていました。映画『写楽』も美しいですが、原作『写楽』は、その上禁忌な匂いが加わって、また素晴らしいですので小説をお読みになってない方は是非御覧下さい。漫画『写楽』では掲載誌が少女漫画誌ということもあって、内容を少女漫画風にアレンジしてあります。原作及び映画のイメージをくずされてしまった方は本当にゴメンなさい」とのこと。

皆川博子のシナリオから、小説版、映画版、マンガ版と、三つの『写楽』が生まれた訳だ。写楽の正体については諸家が様々な説を提唱しており、ミステリの世界に限っても、高橋克彦の江戸川乱歩賞受賞作『写楽殺人事件』(83年)を筆頭に、泡坂妻夫『写楽百面相』(93年)、島田荘司『写楽 閉じた国の幻』(10年)といった作品があるが、皆川写楽では、正体探しに眼目は置かれていない。

後に写楽と名乗る若者を含めて、芝居と浮世絵に取り憑かれた人々が、この物語の主人公である。彼らの姿を生き生きと描き出していく手捌きは、皆川時代小説ではおなじみのアプローチだ。作者の語りに身をまかせれば、たちまち戯作者、役者、絵師、花魁たちが生きる爛熟期の江戸の世界に引き込まれてしまうことは間違いない。

映画版のファンやマンガ版のファンの皆さんはもちろん、この文庫で初めて皆川写楽の存在を知ったという時代小説ファンの皆さんにも、自信を持ってお勧めする一冊である。

本書は、一九九四年十二月に小社より刊行された単行本を加筆修正の上、文庫化したものです。

写《しゃ》楽《らく》

皆《みな》川《がわ》博《ひろ》子《こ》

令和2年 7月25日　初版発行
令和6年 11月30日　再版発行

発行者●山下直久

発行●株式会社KADOKAWA
〒102-8177　東京都千代田区富士見2-13-3
電話　0570-002-301（ナビダイヤル）

角川文庫 22254

印刷所●株式会社KADOKAWA
製本所●株式会社KADOKAWA

表紙画●和田三造

◎本書の無断複製（コピー、スキャン、デジタル化等）並びに無断複製物の譲渡および配信は、著作権法上での例外を除き禁じられています。また、本書を代行業者等の第三者に依頼して複製する行為は、たとえ個人や家庭内での利用であっても一切認められておりません。
◎定価はカバーに表示してあります。

●お問い合わせ
https://www.kadokawa.co.jp/（「お問い合わせ」へお進みください）
※内容によっては、お答えできない場合があります。
※サポートは日本国内のみとさせていただきます。
※Japanese text only

©Hiroko Minagawa 1994, 2020　Printed in Japan
ISBN 978-4-04-109696-3　C0193

角川文庫発刊に際して

角川源義

第二次世界大戦の敗北は、軍事力の敗北であった以上に、私たちの若い文化力の敗退であった。私たちの文化が戦争に対して如何に無力であり、単なるあだ花に過ぎなかったかを、私たちは身を以て体験し痛感した。西洋近代文化の摂取にとって、明治以後八十年の歳月は決して短かすぎたとは言えない。にもかかわらず、近代文化の伝統を確立し、自由な批判と柔軟な良識に富む文化層として自らを形成することに私たちは失敗して来た。そしてこれは、各層への文化の普及滲透を任務とする出版人の責任でもあった。

一九四五年以来、私たちは再び振出しに戻り、第一歩から踏み出すことを余儀なくされた。これは大きな不幸ではあるが、反面、これまでの混沌・未熟・歪曲の中にあった我が国の文化に秩序と確たる基礎を齎らすためには絶好の機会でもある。角川書店は、このような祖国の文化的危機にあたり、微力をも顧みず再建の礎石たるべき抱負と決意とをもって出発したが、ここに創立以来の念願を果すべく角川文庫を発刊する。これまで刊行されたあらゆる全集叢書文庫類の長所と短所とを検討し、古今東西の不朽の典籍を、良心的編集のもとに、廉価に、そして書架にふさわしい美本として、多くのひとびとに提供しようとする。しかし私たちは徒らに百科全書的な知識のジレッタントを作ることを目的とせず、あくまで祖国の文化に秩序と再建への道を示し、この文庫を角川書店の栄ある事業として、今後永久に継続発展せしめ、学芸と教養との殿堂として大成せんことを期したい。多くの読書子の愛情ある忠言と支持とによって、この希望と抱負とを完遂せしめられんことを願う。

一九四九年五月三日

角川文庫ベストセラー

ゆめこ縮緬　皆川博子

愛する男を慕って、女の黒髪が蠢きだす「文月の使者」、挿絵画家と若い人妻の戯れを濃密に映し出す「青火童女」、蛇屋に里子に出された少女の記憶を描く表題作等、密やかに紡がれる8編。幻の名作、決定版。

愛と髑髏《どくろ》と　皆川博子

檻の中に監禁された美青年と犬の関係を鮮烈に描く「悦楽園」、無垢な少女の残酷さを抉り出す「人それぞれに噴火獣」、不可解な殺人に手を染めた女の姿が哀切な「舟唄」ほか、妖しく美しい輝きを秘めた短篇集。

ダリの繭《まゆ》　有栖川有栖

サルバドール・ダリの心酔者の宝石チェーン社長が殺された。現代の繭とも言うべきフロートカプセルに隠された難解なダイイング・メッセージに挑むは推理作家・有栖川有栖と臨床犯罪学者・火村英生！

海のある奈良に死す　有栖川有栖

半年がかりの長編の見本を見るために珀友社へ出向いた推理作家・有栖川有栖は同業者の赤星と出会い、話に花を咲かせる。だが彼は〈海のある奈良へ〉と言い残し、福井の古都・小浜で死体で発見され……。

朱色の研究　有栖川有栖

臨床犯罪学者・火村英生はゼミの教え子から2年前の未解決事件の調査を依頼されるが、動き出した途端、新たな殺人が発生。火村と推理作家・有栖川有栖が奇抜なトリックに挑む本格ミステリ。

角川文庫ベストセラー

ジュリエットの悲鳴　　有栖川有栖

人気絶頂のロックシンガーの一曲に、女性の悲鳴が混じっているという不気味な噂。その悲鳴には切ない恋の物語が隠されていた。表題作のほか、日常の周辺に潜む暗闇、人間の危うさを描く名作を所収。

暗い宿　　有栖川有栖

廃業が決まった取り壊し直前の民宿、南の島の極楽めいたリゾートホテル、冬の温泉旅館、都心のシティホテル……様々な宿で起こる難事件に、おなじみ火村・有栖川コンビが挑む！

壁抜け男の謎　　有栖川有栖

犯人当て小説から近未来小説、敬愛する作家へのオマージュから本格パズラー、そして官能的な物語まで。有栖川有栖の魅力を余すところなく満載した傑作短編集。

赤い月、廃駅の上に　　有栖川有栖

廃線跡、捨てられた駅舎。赤い月の夜、異形のモノたちが動き出す――。鉄道は、私たちを目的地に運ぶだけでなく、異界を垣間見せ、連れ去っていく。震えるほど恐ろしく、時にじんわり心に沁みる著者初の怪談集！

幻坂　　有栖川有栖

坂の傍らに咲く山茶花の花に、死んだ幼なじみを偲ぶ「清水坂」。自らの嫉妬のために、恋人を死に追いやってしまった男の苦悩が哀切な「愛染坂」。大坂で頓死した芭蕉の最期を描く「枯野」など抒情豊かな9篇。

角川文庫ベストセラー

怪しい店　有栖川有栖

誰にも言えない悩みをただ聴いてくれる不思議なお店〈みみや〉。その女性店主が殺された。臨床犯罪学者・火村英生と推理作家・有栖川有栖が謎に挑む表題作「怪しい店」ほか、お店が舞台の本格ミステリ作品集。

狩人の悪夢　有栖川有栖

ミステリ作家の有栖川有栖は、今をときめくホラー作家、白布施と対談することに。「眠ると必ず悪夢を見る」という部屋のある、白布施の家に行くことになったアリスだが、殺人事件に巻き込まれてしまい……。

最後の記憶　綾辻行人

脳の病を患い、ほとんどすべての記憶を失いつつある母・千鶴。彼女に残されたのは、幼い頃に経験したというすさまじい恐怖の記憶だけだった。死に瀕した彼女を今なお苦しめる、「最後の記憶」の正体とは？

眼球綺譚　綾辻行人

大学の後輩から郵便が届いた。「読んでください。夜中に、一人で」という手紙とともに、その中にはある地方都市での奇怪な事件を題材にした小説の原稿がおさめられていて……珠玉のホラー短編集。

Another (上)(下)　綾辻行人

1998年春、夜見山北中学に転校してきた榊原恒一は、何かに怯えているようなクラスの空気に違和感を覚える。そして起こり始める、恐るべき死の連鎖！名手・綾辻行人の新たな代表作となった本格ホラー。

角川文庫ベストセラー

霧越邸殺人事件〈完全改訂版〉(上)(下)　綾辻行人

深泥丘《みどろがおか》奇《き》談《だん》　綾辻行人

深泥丘《みどろがおか》奇《き》談《だん》・続《ぞく》　綾辻行人

Another エピソードS　綾辻行人

深泥丘《みどろがおか》奇《き》談《だん》・続々《ぞくぞく》　綾辻行人

信州の山中に建つ謎の洋館「霧越邸」。訪れた劇団「暗色天幕」の一行を迎える怪しい住人たち。邸内で発生する不可思議な現象の数々…。閉ざされた〝吹雪の山荘〟でやがて、美しき連続殺人劇の幕が上がる!

ミステリ作家の「私」が住む〝もうひとつの京都〟。その裏側に潜む秘密めいたものたち。古い病室の壁に、長びく雨の日に、送り火の夜に……魅惑的な怪異の数々が日常を侵蝕し、見慣れた風景を一変させる。

激しい眩暈が古都に蠢くモノたちとの邂逅へ作家を誘う。廃神社に響く〝鈴〟、閏年に狂い咲く〝桜〟、神社で起きた〝死体切断事件〟。ミステリ作家の「私」が遭遇する怪異は、読む者の現実を揺さぶる――。

一九九八年、夏休み。両親とともに別荘へやってきた見崎鳴が遭遇したのは、死の前後の記憶を失い、みずからの死体を探す青年の幽霊、だった。謎めいた屋敷を舞台に、幽霊と鳴の、秘密の冒険が始まる――。

ありうべからざるもうひとつの京都に住まうミステリ作家が遭遇する怪異の数々。濃霧の夜道で、祭礼に賑わう神社で、深夜のホテルのプールで。恐怖と忘却を繰り返しの果てに、何が「私」を待ち受けるのか――!?

角川文庫ベストセラー

散りしかたみに　近藤史恵

歌舞伎座での公演中、芝居とは無関係の部分で必ず桜の花びらが散る。誰が、何のために、どうやってこの花びらを降らせているのか？　一枚の花びらから、梨園の中で隠されてきた哀しい事実が明らかになる――。

桜姫　近藤史恵

十五年前、大物歌舞伎役者の跡取り息子として将来を期待されていた少年・市村音也が幼くして死亡した。音也の妹の笙子は、自分が兄を殺したのではないかという誰にも言えない疑問を抱いて成長したが……。

ダークルーム　近藤史恵

立ちはだかる現実に絶望し、窮地に立たされた人間たちが取った異常な行動とは。日常に潜む狂気と、明かされる驚愕の真相。ベストセラー『サクリファイス』の著者が厳選して贈る、8つのミステリ集。

さいごの毛布　近藤史恵

年老いた犬を飼い主の代わりに看取る老犬ホームに勤めることになった智美。なにやら事情がありそうなオーナーと同僚、ホームの存続を脅かす事件の数々――。愛犬の終の棲家の平穏を守ることはできるのか？

二人道成寺　近藤史恵

不審な火事が原因で昏睡状態となった、歌舞伎役者の妻・美咲。その背後には2人の俳優の確執と、秘められた愛憎劇が――。梨園の名探偵・今泉文吾が活躍する切ない恋愛ミステリ。

角川文庫ベストセラー

スウィングしなけりゃ意味がない　佐藤亜紀

1939年ナチス政権下のドイツ、ハンブルク。15歳のエディが熱狂しているのは頽廃音楽と呼ばれる〝スウィング〟だ。だが音楽と恋に彩られた彼らの青春にも、徐々に戦争が色濃く影を落としはじめる——。

クレシェンド　竹本健治

ゲームソフトの開発に携わる矢木沢は、ある日を境に激しい幻覚に苦しめられるようになる。幻覚は次第に進化し古事記に酷似したものとなっていく。『涙香迷宮』の鬼才・竹本健治が描く恐怖のメカニズム。

腐蝕の惑星　竹本健治

最初は正体不明の黒い影だった。そして繰り返し襲ってくる悪夢。航宙士試験に合格したティナの周囲に起こる奇妙な異変。『涙香迷宮』の著者による、入手困難だった名作SFがついに復刊！

閉じ箱　竹本健治

幻想小説、ミステリ、アイデンティティの崩壊を描いたアンチミステリ、SFなど多岐のジャンルに及ぶ竹本健治の初期作品を集めた、ファン待望の短篇集、ついに復刊！

フォア・フォーズの素数　竹本健治

『涙香迷宮』の主役牧場智久の名作「チェス殺人事件」やトリック芸者の『メニエル氏病』など珠玉の13篇。『匣の中の失楽』から『涙香迷宮』まで40年。ついに復刊される珠玉の短篇集！

角川文庫ベストセラー

からまる　千早　茜

生きる目的を見出せない公務員の男、不慮の妊娠に悩む女子短大生、そして、クラスで問題を起こした少年……。注目の島清恋愛文学賞作家が〝いま〟を生きる7人の男女を美しく艶やかに描いた、7つの連作集。

眠りの庭　千早　茜

白い肌、長い髪、そして細い身体。彼女に関わる男たちは、みないつのまにか魅了されていく。そしてやがて明らかになる彼女に隠された真実。2つの物語がひとつにつながったとき、衝撃の真実が浮かび上がる。

夜に啼く鳥は　千早　茜

少女のような外見で150年以上生き続ける、不老不死の一族の末裔・御先。現代の都会に紛れ込んだ御先は、縁のあるものたちに寄り添いながら、かつて愛した人の影を追い続けていた。

ふちなしのかがみ　辻村深月

冬也に一目惚れした加奈子は、恋の行方を知りたくて禁断の占いに手を出してしまう。鏡の前に蠟燭を並べ、向こうを見ると——子どもの頃、誰もが覗き込んだ異界への扉を、青春ミステリの旗手が鮮やかに描く。

本日は大安なり　辻村深月

企みを胸に秘めた美人双子姉妹、プランナーを困らせるクレーマー新婦、新婦に重大な事実を告げられないまま、結婚式当日を迎えた新郎……。人気結婚式場の一日を舞台に人生の悲喜こもごもをすくい取る。

角川文庫ベストセラー

きのうの影踏み　辻村深月

どうか、女の子の霊が現れますように。おばさんとその子が、会えますように。交通事故で亡くした娘を待ちわびる母の願いは祈りになった——。辻村深月が〝怖くて好きなものを全部入れて書いた〟という本格恐怖譚。

左近の桜　長野まゆみ

武蔵野にたたずむ料理屋「左近」。じつは、男同士が忍び逢う宿屋である。宿の長男で十六歳の桜蔵にはその気もないが、あやかしの者たちが現れては、交わりを求めてくる。そのたびに逃れようとする桜蔵だが。

咲くや、この花
左近の桜　長野まゆみ

春の名残が漂う頃、隠れ宿「左近」の桜蔵に怪しげな男が現れ手渡した「黒面を駆除いたします」というちらし。桜蔵は現ではないどこかへ迷い込む……匂いたつかぐわしさにほろ酔う、大人のための連作奇譚集。

ぼくはこうして大人になる　長野まゆみ

海沿いの小さな町で暮らす中学3年生の一。人に云えない不安を抱えつつも平穏だった学校生活は、いわくつきの転校生・七月の登場で様変わりしてゆき……繊細にして残酷な少年たちの夏を描いた青春小説！

いい部屋あります。　長野まゆみ

進学のために上京した鳥貝少年はある風変わりな洋館の男子寮を紹介される。その住人の学生たちも皆クセもの揃い。鳥貝少年は先輩たちに翻弄されつつも幼い頃の優しい記憶を蘇らせていき……極上の青春小説！

角川文庫ベストセラー

メルカトル　長野まゆみ

港町の地図収集館に勤め、慎ましい日々を送っていた孤児のリュスのもとに謎の地図が届いた瞬間から、彼の周辺で不可解な事件が起き始め——。やわらかな心をくすぐるロマンチックな冒険活劇。

デカルコマニア　長野まゆみ

メビウスの帯のようによじれたり絡まったり渦を巻いたりしながら、20世紀から23世紀まで、時間旅行装置《デカルコ》で時空を超えて漂流する、不可思議な一族の壮大なるサーガ。

この闇と光　服部まゆみ

森の奥深く囚われた盲目の王女・レイア。父王からの優しく甘やかな愛に満ちた鳥籠の世界は、レイアが成長したある日終わりを迎える。そこで目にした驚愕の真実とは……耽美と幻想に彩られた美しき謎解き！

一八八八　切り裂きジャック　服部まゆみ

19世紀末、霧の帝都ロンドンを恐怖に陥れた連続娼婦殺人事件。殺人鬼「切り裂きジャック」の謎を美青年探偵・鷹原と医学留学生・柏木が解き明かす。絢爛たる舞台と狂気に酔わされる名作ミステリ！

水の時計　初野　晴

脳死と判定されながら、月明かりの夜に限り話すことのできる少女・葉月。彼女が最期に望んだのは自らの臓器を、移植を必要とする人々に分け与えることだった。第22回横溝正史ミステリ大賞受賞作。

角川文庫ベストセラー

漆黒の王子 初野 晴

歓楽街の下にあるという暗渠。ある日、怪我をした〈わたし〉は〈王子〉に助けられ、その世界へと連れられたが……眠ったまま死に至る奇妙な連続殺人事件。ふたつの世界で謎が交錯する超本格ミステリ！

退出ゲーム 初野 晴

廃部寸前の弱小吹奏楽部で、吹奏楽の甲子園「普門館」を目指す、幼なじみ同士のチカとハルタ。だが、さまざまな謎が持ち上がり……各界の絶賛を浴びた青春ミステリの決定版、〝ハルチカ〟シリーズ第1弾！

初恋ソムリエ 初野 晴

ワインにソムリエがいるように、初恋にもソムリエがいる?! 初恋の定義、そして恋のメカニズムとは……お馴染みハルタとチカの迷推理が冴える、大人気青春ミステリ第2弾！

空想オルガン 初野 晴

吹奏楽の〝甲子園〟——普門館を目指す穂村チカと上条ハルタ。弱小吹奏楽部で奮闘する彼らに、勝負の夏が訪れた!! 謎解きも盛りだくさんの、青春ミステリ決定版。ハルチカシリーズ第3弾！

千年ジュリエット 初野 晴

文化祭の季節がやってきた！ 吹奏楽部の元気少女チカと、残念系美少年のハルタも準備に忙しい毎日。そんな中、変わった風貌の美女が高校に現れる。しかも、ハルタとチカの憧れの先生と親しげで……。